Repossesse

キリエル

Repossessed

ジェンキンス

あかね
書房

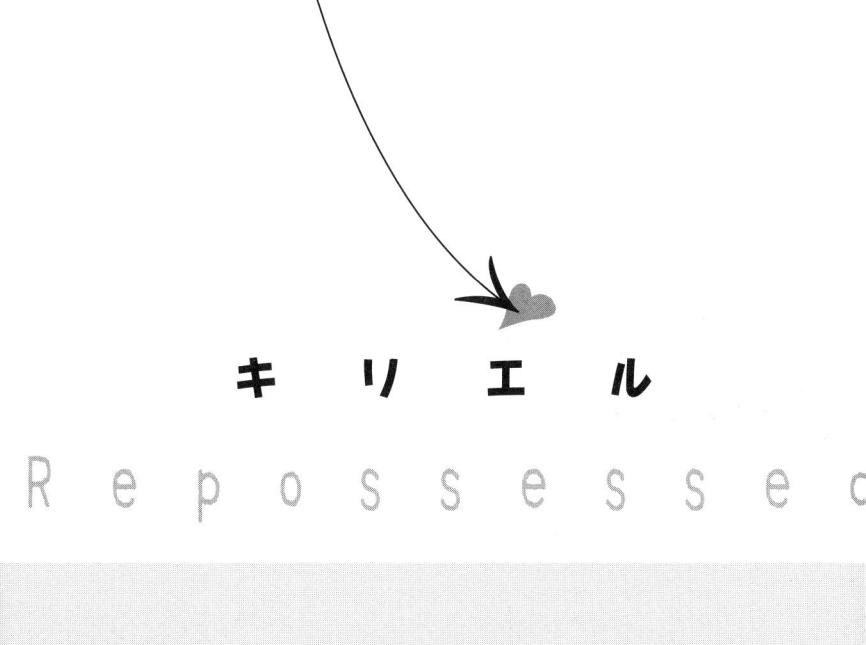

1

おれがまずやったのは、体をのっとることだった。自分でつくることだってできたが、あいにく芸術品を生み出すような気分じゃなかったんでね。

おれはただうんざりしていた。そう、もううんざりだった。巨大な組織の歯車のひとつとして、不毛でみじめな仕事をすることに。おれにしかできないってわけでもない。地獄に落ちたやつらを苦しめることなんて、だれにだってできる。どうせほっといても苦しむんだ。嘘じゃない。それにあの仕事は気がめいる。どんなにめいるか、とても言いあらわせないぐらいだ。

地獄のボスにはだまっていた。おさらばするってことは、だれにも言ってない。そりゃそうだ。おれがいなくたって、地獄はちっとも困らないんだから。

創造主、つまり神にいたっては、まあ、地獄なんてほとんど無視だ。時計のねじを巻いて、針を合わせて、チクタク動くようにしたにすぎない。

じつのところ、おれは神に不満をもっている。ボスにじゃない。ボスはおれたちと同じように仕事をこなしているだけ、自分の役目を果たしているだけだ。神は規則のすべてをつくったっていうのに、今じゃ確かめにも来ない。地獄のしもべが働きすぎて仕事にうんざりしたところで、知りもしないし、気にもしないんだ。おれは救いを期待するほどバカじゃないが、あくせく働いてきた苦労に――せめてここに存在しているってことに――ほんの少しでも気づいてほしかったとは思う。何千年も働きつづけながら、おれはしだいに望みを失っていった。

しばらくして、もうたくさんだと思った。こんなおれだって、いや、こんなおれだからこそ、限界が来たんだ。

てなわけで、体選びには気をつかったよ。こっそり盗めて、ややこしくないのがいいからな。入りこむのは、とにかく一人前の体だ。手も足もすみずみまでちゃんと動くやつがいい。気苦労なんかなくて、飢えみたいな社会的な問題とも無縁で、肉体ってものを安心して試せるやつだ。負うべき責任はなく、仕事もなければ、養う家族もいない。やりたいことをやる暇はあるが、干渉されすぎたり、四六時中監視されたりすることはない。ちょっともてあますぐらいの時間があって、毎晩安心して帰れる場所もある。

その条件をぜんぶ満たしたかったから、郊外の中流家庭に暮らすアメリカ人のティーンエイジャーにした。少し探しまわって、見つかった何人かをじっくり観察するうち、ちょうどいいのがあらわれた。

実際に体をのっとったのは、そいつが駐車中の車の陰から道に出て、猛スピードで突っこんできたトラックにひかれちまう、約一秒前のことだった。候補者はどいつもこいつもとろくて、とっさの判断がそりゃあもう鈍かったが、そいつときたら、まわりを見ずに友だちに話しかけながら、歩道の向こうに足を踏み出してくれた――もしくは、踏み出そうとしてくれていた。結果的に人生の最後の二秒を生き損ねたわけだが、そんなのはたいして重要じゃない。そのあとに何が起きるか、おれにはお見通しだったからだ。理論上は確かに自由意志ってものがあるし、そいつの死を何かがじゃました可能性もある。タイミングよく筋肉がけいれんを起こして、歩道のふちで立ち止まったかもしれない。さもなきゃ、飛んでいる鳥が空中でいきなりくたばって、やつの頭の上に落ちてきたあげく、道に出る寸前に気絶させちまうってこともある。だが、物理の法則ってものもあるし、だいいち、何千年も過ごしてきたおれに、必然的に起こることが見抜けないわけがないのだ。

体をのっとるっていうのは、仲間うちではかなりめずらしい。厳密に言えば、おれは規則をいくつか破っている。しかし、破ったからって、どうなるっていうんだ？　地獄に送られるとでもいうのか？　ハハッ！

とにかく、やつが足を踏み出すと、おれはその足を引きもどした。そしたらおれが歩道の上にいて、やつは光のトンネルを通ってビューンとあの世へ向かっていた。

一瞬にして、おれは真新しくも多少使い古しの体の中にいた。小さすぎる容器に自分自身を一気に流しこんで、早送りで満タンにしたような感じだ。そもそも容れ物になんて慣れていないのに、いきなり閉じこめられるし、息はしなきゃならないし、ここからここまでって決まってるしで、頭の中は……そう、まさにパニック寸前だった。

だがそのとたん、ほかのものがどっと入りこんできた。五感から押し寄せる膨大な情報の海におぼれそうだ。そんなふうになるとは思ってもみなかったから、おれはたちまち混乱した。だれにも気づかれないうちに、さりげなくのっとればいいとばかり思っていたんだ。人間ってやつがちょっとまぬけだってことを考えれば、そりゃあ人間になることなんか簡単そうに思える。ところがおれは、いきなり見て、聞いて、感じられるようになって、まずこう思ってしまった。美しい。

何もかも、美しい。

「ショーン、大丈夫か?」

ショーンの親友、ベイリーが言った。ショーンの目を通してベイリーを見るのは、まったく変な感じだった。

おれは今まで一度も霊体以外のものになったことがない。ありとあらゆる場所にいつでもいたかったから、肉体をもったことはついぞなかった。おれがたったひとつの場所にいるなんて、これがはじめてのことだ。それまでは、地上のやつらがどんなことをしているか、知りたいと思えば知ることができた。実際に見たり聞いたりすることはできなくても、認識することはできていた。形の定まらない雲が、ばらばらの場所に同時に存在することができるようなものだ。

だが、こうして人間の体に入ってみると、細かい情報の海に沈んでいくばかりだった。しかも情報のひとつひとつは、くっきりと鮮明で明確だ。おれはすっかり圧倒され、視野の中にいるのはたったひとり、ベイリーだけだっていうのに、その表情やしぐさが何を意味しているか、ぼんやりとあいまいにしか捉えることができなかった。今この瞬間、ベイリーはどんな気持ちでいるんだ?――それを言いあらわすには、必死になってアメリカ人の使う英語を思い出す必要があった。

体をもつっていうのは、いろんな意味で窮屈なんだな。

「大丈夫だ」

やっと答えると、音が波みたいにのどから転がり出ていった。その感覚にぞくぞくして、もう一度言ってみた。

「大丈夫だ」

それから顔を向けると、ベイリーの明るい瞳が青みがかった灰色に見えた。色……なんて概念だ！　こんなにすばらしいものが見られるなんて。まったくすごい創造物だ。これについては神に脱帽するしかない。

もしかすると、だから神は地獄を確かめにこないのかもな。地上で知覚できるものがこんなに複雑で、こんなに豊かだったなんて、おれはまったく知らなかった。おそらく神は、ここでの日々の仕事に追われているんだろう。でなけりゃ、ここにあるすべてのものが動くようにしたあと、すっかり疲れてまだ休んでいるのかもしれない。

そのうち、細かい情報の意味がだいぶわかってきた。まわりで動いているものを片っ端から見て、大きな音も小さな音も聞いて、太陽の温かさを感じた。この太陽がまた、大当たり！　こんなとんでもなく美しいものを思いつくなんて、またしても脱帽だ。目には見えないそよ風のかすかな涼しさを感じていると、ショーンの人生をただ途中から引きついで、ショーンが予定していたことをそのままやるなんて、とても無理だと気づいた。まずはショーンの家に帰って、ひとり静かに過ごして、この体に、この容れ物に、この存在に慣れなければ。

おれはだれにも見られないところに行きたかった。のどや舌を使って違う音を出したり、指で何かを拾ったり、足の裏や股間を見たりしてみたかった。

「ほんとに大丈夫か？」

ベイリーがきいてきた。目を少し細めて、額に軽くしわを寄せている。そうだ、ベイリーとショーンは、いつもと同じようにベイリーの家に行くところだったんだ。おれはショーンになったんだから、急に予定を変える理由をちゃんとベイリーに言っておいたほうがいい。

「ちょっと気分が悪くなった。胃が痛い」

これはかなり真実味のある言い訳だろう。人間は胃が痛くなる。しかも、しょっちゅうだ。

「家に帰って、ちょっと横になるよ」

「ついてってやろうか？」

「いや、いい」

言ったとたん、天才的なひらめきで、こうつけたした。

「きっとタコスのせいだ」

学校の食堂で出たタコス、それがショーンが昼に食べたものだったからだ。

「ほら、だからあんなもの食べるなって言っただろ」

「うるさい」

おれは喜んで言った。これこそ、ショーンとベイリーがいつも言い合っている言葉だ。うるさい。よし、ノッてきたぜ！

「じゃあ、気分がよくなったら来いよ」

ベイリーは背中を向けた。

「ああ」

おれはうきうきしたまま反対方向に歩きだした。

いや、歩きだそうとして、脚がゴムみたいにふにゃふにゃになった。多すぎるほどの関節や筋肉や腱が、正しい角度におさまろうとして混乱したんだ。おれはそのあいだも体をまっすぐに保って、動く柱みたいな胴体のてっぺんに頭が来るようにしていた。

自分でも、上下にはねたり、左右にふらついたり、いきなり前につんのめったりしているのがわかった。とにかく立ちつづけて、せめて「直立原人」と呼ばれるようになろうと必死だった。

リズムをつかんで進めるようになるのに、ゆうに半ブロックはかかった。だが歩いてみるのは、ひたすら楽しかった。目が見えていても、最初はそれが役に立たなかった。まわりにあるものがすべて、ショーンからどれぐらい離れているかによって、違う速さで近づいてきたり遠ざかっていったりしたからだ。結局、視線を少し先のアスファルトに固定して、脚を動かすという感覚に集中することにした。いったんうまく歩けるようになると、二本の脚が完璧に調和のとれた動きをしていることに感動した。ひとつでもミスがあれば、体はたちまちくずおれてしまう。しかしそんなことにはならず、生まれたときから歩いているかのようになめらかに動いている。こんなにスムーズにいくなんて、まさに奇跡的なことだ。

脚を正しく動かしているうちに、腕が自然に、交互に、わずかながらふれはじめた。なんだかこのほうがバランスをとりやすい。

これが歩くってことか！

神よ、とおれは思った。この地でこれほどまでにあっぱれなお仕事をされていたとは、お見それいたしました。

もちろん、神からの返事はない。

おれは頭を左右にふって、まわりにあるものをみんな見ようとした。そんなふうに頭を速く動かすと、目に見えるものがぼやけることにすぐに気づいた。そこで歩道に立ち止まって何度か頭をふり、まわりの世界がどんどん形を失っていくのをながめた。なんともおもしろいことに、頭をふるのをやめてもまだ目がまわっていて、バランスをくずしてよろけるほどだった。やっとまっすぐ立って焦点を合わせたとき、おれは自分が歩いてきたほうを、つまりベイリーのほうを向いていた。

ベイリーはおれを見ていなかった。坂をのぼって自分の家に向かっていた。

少しのあいだ、おれはベイリーの背中を、そして歩き方をながめた。それで気づいたのは、速さや歩幅は基本的に同じでも、歩き方は人によって違うということだった。ベイリーは、長い手足をぶらつかせてひょこひょこ歩くタイプだ。体をもった今なら、それがはっきりわかる。

その場に立ったまま興味津々で見ていた。気がつくと、ショーンの体をのっとったときに見たベイリーの表情の意味を言いあらわせるようになっていた。

心配、それだ。

2

「悪魔」って言葉は好きじゃない。かなりネガティブなイメージがあるし、とんがったしっぽと、ふたつに割れたひづめを連想させるからな。だったら「堕天使」のほうがいい。実際、堕落した天使なんだし。堕落していないほうの天使がおれたちと違うのは、過去でも現在でも未来でもいつでも敬虔《けいけん》で、忠実で、従順だってところだ。やつらはもとからそういうタチで、神のとてつもない完璧さを崇めたり味わったりすることにも心底喜びを感じている。おれたち堕落組はあやしむし、疑うし、逆らうし、あげくの果てには要求までする。それも、たいていやりすぎて、最後には台無しにしてしまうんだ。

　神は何もかもわかったうえで果てしない時を過ごしているんだから、しょせん堕落組がやっていることも神の計画の一部にすぎないんじゃないのか？　そう思うやつがいたとしても当然だろう。確かにそれは疑問だ。答えがわかるよう幸運を祈る。神が何を考えているのか、最終的な意向がどうなっているかは、まったくの謎だ。非堕落組にとっては謎じゃないのかもしれないが、そこのところまではわからない。地獄のしもべになったおれたちとなんか、あいつらはもうめったにつきあわないからな。

まったく、いけ好かない連中だ。

おれは自分のものになった体を早く確かめようと、ショーンの家に向かった。途中、広々とした空をずっと見上げていた。ああ、あの青。それに、あの雲。同じ方向に動いているだけじゃなく、流れたり、うねったり、波打ったり、刻々と形を変えている。

ショーンの口が広がっている感じがしたから、両手を顔にもっていった。指に当たったのは、角張っている小さな固いものだった。

歯だ。おれは笑っているんだ！　またすばらしいものを見つけたぞ。存在するのに形というものをまったくもたない感情。その感情を映し出す筋肉。なんて精巧な世界なんだ。もっと早く来るんだった。

玄関前に着くと、ポケットから鍵を出してドアを開けた。

ショーンの両親は離婚している。それもこの体を選んだ理由のひとつだ。父親は今は町を出ているし、いっしょに暮らしている母親はこの時間は働いている。つまり監視がゆるい。ただ、中学生の弟は学校から帰ってきて家にいるはずだ。弟のことはもちろん知っている。ショーンと関わりのあるやつのことならみんな知っているからな。それでも、この目を通して実際に弟を見るのが待ち切れなかった。

ショーンだったら、弟のジェイソンを気にするなんてことはなかっただろう。ショーンをしばらく間近で見ていてわかったが、ショーンが弟に対して何か思うとしたら、それは「じゃま者」や「やっかい者」に対するいらだちでしかない。ジェイソンはそんな兄に「いばってる」「意地悪だ」としょっちゅう怒りをぶつけていた。

人間のいらだちや怒りについてなら、おれはとっくの昔から自分が知りたい以上に知っている。なにしろ、まわりはずっと負の感情だらけだったし、それがおれの無数の相手——言ってみれば「お客様」——のひとりひとりを覆いつくしているものだった。そいつらがおれのもとに来た理由のほとんどは、自分がやったことじゃなく、やらなかったことにある。神となんらかのやりとりをしたあと——もちろんそのやりとりにおれは関与していない——やつらは罪と後悔にまみれてやってくる。地獄にとどまって、苦しみもだえるために。

気分が明るくなる唯一の時は、たいてい、ひとつの魂が数千年苦しんだあとに訪れる。そいつが突然、おれにはさっぱりわからない理由で、もう充分だ、罪は償ったと判断するんだ。魂はぱっと身をひるがえすようにしたかと思うと、みじめさをかなぐり捨てて自由になる。美しく、印象的で、めったに起こることじゃない。どんよりと暗い地獄での、さわやかなひととき、心地いい一瞬なんだ。だが、そんなすばらしいときにも苦しみはある。地獄には純粋な喜びなんてものはない。悲しいことに、魂は解放の瞬間に気づいてしまう。いったん罪を犯したら、犯さなかったことには決してできない、だからある意味では、ぜったいに罪を償うことなんかできないんだと。

魂が地獄にとどまる期間がどうやって決められるのか、おれにはまったくわからない。幾度となく考えてきたっていうのに。べつに天から裁きが下される審判を受けた報いがどんなものかはわかっている。ただ、仲間と反逆したあとに自分が受けたわけじゃない。むしろ自分を包んでいる何層もの覆いを引きはがし、守ってくれているものをみんなはぎ取って、最後に残った耐えがたいほど痛ましい裸の自分を見つめ直したと言ったほうがいい。それが終わったとき、おれは自分の罰がどんなものかを知った。その罰に終わりがないだろうってことも。だれかに教えられたんじゃなく、ただ自分で知ったんだ。

人間の場合は？　神に下された予定通りの裁きをただ受けなきゃならないのか？　それとも、自分がやったことや、やらずにおろそかにしたことを償うとき、それを自ら知ることになるのか？

なんにせよ、人間は自分で自分を罰する。おれはただそれを見ているだけだ。どんなものに対しても積極的に何かをするってことはない。

役立たずな仕事だ。

ショーンの家に入るとき、おれはふと思った。どのぐらいたったら上の連中はおれが仕事をやめたことを気にかけるんだろう？　どうなろうと、この休暇はめいっぱい楽しんでやるつもりだが。

それから後ろ手にドアを閉めた。玄関にショーンの猫がいて、ドアのわきの窓辺で日なたぼっこをしている。おれはとたんに興味を引かれた。人間はほかの人間よりも自分のペットをかわいがる場合が多い。そのことがいつも不思議だったんだ。

おれの知るかぎり、ペットは飼い主にたいしたものは与えていない。えさをもらってやったり、さわらせてやったりはするが、おれに言わせれば、それだって結局は自分のためにすぎない。こうして実際に見ると、確かにショーンの猫はとてもやわらかそうだ。指でなでたら気持ちいいだろう。もしかすると、「なでること」がペットと飼い主を結びつける鍵なのかもしれない。

だがおれが近づくと、ピーナッツって名前のこの猫は、飛び上がってシャーッと鳴いて、耳をぺちゃんこにしてあとずさった。おれは立ち止まって、よく人間がやるように「おいでおいでおいで」と呼びかけた。少しかがんで片手を伸ばし、ピーナッツに匂いをかがせてやろうとした。

ピーナッツはぱっと駆けだし、廊下の向こうに消えていった。

ショーンじゃないってわかったのか？

おれは体を起こしながら思った。なんであの猫にわかったんだろう。違う匂いがするわけじゃあるまいし。

あとでもう一度試してみるしかないか。

それから玄関を抜けてリビングに入った。ショーンの弟のジェイソンが、テレビの前の床にすわってテレビゲームをしている。体を丸めたその姿は、いろんなものをぎゅっとひとまとめにしたような感じだ。つやのある髪も、ひとつの光る物体に見える。本当は何百何千という毛の集まりのはずなのに。体の力は抜いているが、コントローラーをにぎっている手だけは違う。けいれんしているみたいに、指が小刻みに動いている。たたく、押す、引く、まわす。

ショーンはふだん弟に声をかけたりしない。むしろ弟の存在をほとんど無視している。だがおれは何かやりとりをしてみたかったし、ショーンの声が胸から転がり出ていく感じが好きだったし、舌やのどや唇を動かして話をするのが楽しかった。

「よう、クソガキ」

おれは喜んで言った。それが弟に対するショーンのいつもの呼び方だったからだ。

「うるさい」

ジェイソンはふり向きもせずに答えた。ショーンとベイリーが交わしていたような、とげのないだらだらした言い方じゃない。その短い言葉に嫌悪や敵意をたっぷりこめている。

おれはほかの人間と会話できたことに満足し、鼻歌をうたいながらショーンの部屋に向かった。

そして入口で立ち止まって、目の前の状況を受け止めた。いや、受け止めようとした。

ショーンの母親に言わせると、ショーンの部屋はただのでっかい穴ぐらで、秩序ってものがまるでない。だが実際は、ショーンなりの決まり事がある。汚れた服を脱ぎ捨てる場所は床の上。きれいな服はベッドや椅子に投げ出すかドアノブに引っかける。毛布類をしわくちゃのままにしているのは、本人曰く、どうせ夜にまたしわくちゃになるから。順番に並んでいないCDも、父親に買ってもらったラックよりは床にあるほうが多いが、ちゃんと山にして積んである。ほとんどは。どのCDがどこにあるかも、はっきりとじゃないにせよ、だいたいわかっている。汚れた皿はベッドサイドテーブルに置き、ごみ箱がいっぱいになったときしか片づけない。ごみを捨てにいくついでに、皿やグラスをみんなキッチンに持っていく。

それでもショーンの部屋が「ぐちゃぐちゃ」なのは確かだった。正直、「ぐちゃぐちゃ」がどんなものか、この部屋を見てはじめてよくわかった。何もかもがぼやけて、混ざっているように見える。色も、素材も、形も。こんなのは……がっかりだ。部屋自体がってわけじゃないが、これじゃあ、どれから試していいのかわからない。

ようやくかがんでTシャツを拾った。前に書いてある文字が色あせて、洗濯のせいではげ落ちている。指で引っ張って、少し伸びた生地の感触を確かめた。いいねえ。やわらかい。手を少し閉じてTシャツにしわをつくり、ひだにできる影もじっくりながめた。それから持ち上げて、頬にそっと当ててみた。もっとやわらかく感じる。おもしろい。かなり敏感な指と、それほどでもない顔で、こんなかすかな感覚の違いがあるなんて。

唇は指と同じぐらい敏感だ。おれは目を閉じて、唇にTシャツをこすりつけた。今度はちっともやわらかくなくて、ざらざらしている。そのまま顔の前に上げていると、すっぱい匂いが借り物の鼻に入りこんできた。三日たったショーンのわき汗みたいな匂いだ。

「何してるの？」

おれはびくっとした。赤ん坊にもある反射ってやつだ。こんなに不快なものだったたなんて、はじめて知った。

顔を向けると、開けっぱなしの部屋の入口にジェイソンが見えた。ジェイソンの目はきれいな色で、薄い緑って感じだ。だが、そのことに気づいている人間はそれほど多くないだろう。なにしろジェイソンは、なかなか人と目を合わせないことで知られている。

次の瞬間、おれはジェイソンが見ていたものに気づいた。部屋の真ん中で目を閉じて、くさいTシャツを口にゆっくりこすりつけているショーンの姿だ。

ジェイソンがそれを変だと思っていることぐらい、顔を見なくてもわかった。

「べつに」

おれはジェイソンに言った。ショーンならそう言うはずだ。もっともショーンなら、唇で自分の服の感触を確かめるなんて、ぜったいにしなかっただろう。

「クソガキ」

あとから思いついてつけたした。だが、どうも会話のリズムがくるっていた。ジェイソンは「うるさい」と言わない。動きもしない。

「Tシャツといちゃついてたわけ？」

ジェイソンにどう思われるかなんて気にならなかった。気になったのは、ショーンの舌のほうだった。

舌は指や唇よりもさらに敏感だ。Tシャツを舌でさわったら、どんな感じがするんだろう？　今までとどんなふうに違うんだ？

それでも頭をひねって、ショーンならジェイソンをどうするか考えた。この体を借りているあいだは、その期間が何分になろうが何時間になろうが、あやしまれたくない。

「部屋から出ていけ」

おれはショーンの言いそうなことを言って、ドアに向かった。

「部屋には入ってないよ」

「入口から出ていけ」

そう言い直すと、ジェイソンの目の前でドアをバタンと閉めた。

3

人間を地獄にとどめている「罪」。そのほとんどは、おれが思うに、ごく自然で、ごくささいなものだ。たとえば「嫉妬」。自分が成し遂げていないことを友だちに成し遂げられたら、ねたみにかられないやつなんてまずいないだろう。

あるいは「怠惰」。自分が怠けているあいだ、ほかのだれかにちょっと多く仕事をしてもらう――そんな経験が一瞬たりともないやつを見たのは、おれの長いキャリアのなかでも二、三度だけだった。

だが、地獄中の魂たちの嘆きようを見たら、嫉妬も怠惰も殺人と同じぐらいの大罪に思えてくる。嫉妬や怠惰がなぜ「七つの大罪」と呼ばれているのか、おれにはよくわからない。自分が受けもっている魂に対して、おれはなんの影響力ももっていない。バカなそいつらが、まったくどうでもいいような理由で自分自身を延々と苦しめたところで、ただひたすら見ているしかないんだ。

しかし今、おれは肉体を手に入れた。これからこの体で罪を経験して、いったいどういうことなのか確かめるつもりだ。嫉妬、怠惰、傲慢、強欲、暴食、憤怒、そして色欲。この七つの大罪のほかにも、思いつくものならなんでも。もちろん、こっそり試す。ショーンを体験するうえで肝心なのは、やりやすいときにこっそり試すことだ。そうすればだんだん慣れていけるし、上の連中にすぐにはばれないっていう望みももてる。

おれは早くも、いちばん頭に浮かんでくるちょっとした罪を試してみたいと思っていた。なんらかの形でその罪にとりつかれている人間はあまりに多い。だから、なんでそれに興奮と罪悪感がそんなにつきまとっているのか、ずっと知りたいと思っていたんだ。

おれからすれば、マスターベーションはまったく自然なことだ。サルだってするんだから。なのに、なんでこんなに多くの人間にとって大ごとになっているんだろう？それと、そんなにひどいことなら、なんでやりつづけてるんだ？

おれはもちろん、マスターベーションがどんなもので、やればどんなふうになるか知っている。変わったやり方もごまんと知っているから、ショーンがまだこの脳みその持ち主だったら、目がまわるほどびっくりしただろう。だがおれがやりたいのは、基本的なごくふつうのやつだ。

ショーンがよくやっていたのはシャワーのときだったから、おれもそれにならうことにした。まあ、最初はな。

そこでバスルームに行って栓をひねり、裸になってシャワーを浴びた。

そのとたん、飛びのいた。シャワーの温度を調節するっていう作業をすっかり忘れていたんだ。

水があったまるのを待つあいだ、鏡でショーンの顔を見た。髪が額を覆って目にまでかかっていたから、片手で持ち上げてもっとよく見えるようにした。目は茶色なのか灰色なのか、なんとも言いようのない色をしている。額についている白い傷跡は、子どものころにブランコから落ちてついたものだ。前髪を伸ばすことにした理由をショーンが口にしたことはなかったが、もしかするとこの傷跡を隠そうとしていたのかもしれない。

だが、おれはこの傷跡が気に入った。いろんな感情でいっぱいになったはずの出来事を物語ってくれるんだから、すばらしいじゃないか。経験したことを印にしてずっと体に残しておけたら、そりゃあ満足だ。

体も確かめてみた。おれから見ると、ショーンはやせすぎている。いや、そこまではやせてないか。すわってテレビゲームばかりしているのをやめたら、おれにも、おそらくほかのやつらにも、もっと魅力的に見えるはずだ。そうなれば本人も気分がよかっただろう。ショーンはまちがいなく自分の体つきに、とくに胸まわりと腕にずっと不満を感じていた。

体を左右にひねってみた。筋肉がはっきり盛り上がっているところは、確かにどこにもない。ショーンの部屋にはベンチプレスの道具がある。ジーンズ数本と、破れたバックパックと、古い毛布の下に。何度か使っただけで、やめちまったんだ。

そうだ、おれもベンチプレスをやってみよう。できればマスターベーションのあとか、夕食のあとに。それにしても不思議なのは、おおぜいの人間が運動をはじめてはすぐにやめることだ。しかもそのあと、やめたことに罪悪感をもっているかのようにふるまう。おまけに年がら年中、自分の体のことで恥ずかしそうにしている。その一連の流れの意味が、おれにはさっぱりわからない。

シャワーに手をつっこんで、お湯の温度を確かめた。もうちょうどいい感じだ。流れるお湯がこんなにもいやされるもので、こんなにもなまめかしいものだったなんて。

バスタブに入ってカーテンを閉めた。心地いい興奮がおそってくる。ショーンの体もそれを感じているようだ。どんどん期待がふくらんでいく。

おれに何をされるか、体もわかっているんだ。

そして、おれはやった。ああ、やってやったぜ。

シャワーを止めたとき、息はゼイゼイ、心臓はバクバクだった。人間がなんでこれをもっとやらないのか、おれにはわからない。いや、人間の心理には性的な欲求以外にも満たされなきゃならない部分がある。そのことをもしおれが知っていなければ、なんで一日中やらないんだろうと不思議に思ったかもしれない。

なんにしても、ほかにもいろいろあるなかで、人間がこの感情にもっこり……いや、失礼……もっぱらとりつかれてきたのはなぜなのか、その理由がやっとわかった。

それでも、ほかの体をのっとればよかったって気もしていた。だれかとセックスしてみたいと思いはじめていたんだ。セックスがどんなものかはそりゃあもうバッチリわかっていたが、今度はなんとしてもそれを実感してみたかった。

教訓その一。「知る」と「やる」とでは大違い。

ショーンの問題のひとつは、決まったセックスの相手がいないことだ。はっきり言えば、そもそもやつにはセックスの相手がいたことがない。最悪なことに、相手ができる見込みすらないんだ。ショーンはゲイじゃなかったが、彼女もいなければ、女の子の友だちもいなかった。おれは今になって、やっぱりふだんからセックスしてるやつを選べばよかったと思いはじめていた。

だが、短い時間を過ごしただけでも、このショーンの体に、このショーンの暮らしに愛着を感じていた。かわいそうなショーンは、自分の一瞬一瞬が輝くほどすばらしかったっていうのに、それをありがたく思うそぶりを一度も見せたことがなかった。ショーンのことはなんでも知っているつもりだったが、こうしてやつの体で過ごしてみると、おれの知っていたことなんて一面的なつまらないものだったように思える。おれはショーンの友だちや弟の目を見るのが好きだし、もっと見てみたいと思っていた。この体から見るほうが、人間はずっとおもしろい。組み合わされるのを待っているパズル、解かれるべき謎みたいだ。

いや、ショーンでいるだけでも充分おもしろいか。とりあえず、この体でセックスできないかやってみよう。そんなに難しくないはずだ。まずは女の子から試せばいい。人間のセックスのなかでもいちばんありふれたやつからやるんだ。男女間でやるノーマルなやつから。

ただ残念なのは、おれがこの体でこれからやろうとしている何もかもを、ショーンが自分では経験できないってことだ。きっと喜んでくれただろうに。

4

シャワーのあとは風呂につかることにした。バスタブぎりぎりまでお湯をためた。お湯はいい。この感じがたまらない。あったかいし、浮きそうになる。水面をたたいたら、小さな波が立ってすぐに消えていった。そこで今度は、体ごと前後に動かして大きな波を立て、バスタブの外にあふれさせた。お湯が冷えてくると、肌が赤くなるぐらいの熱いお湯でまたバスタブをいっぱいにした。そして、指やつま先がふやけていくのをながめた。

体を後ろに倒して耳を沈め、磁器のバスタブに脚や尻をこすりつけて、肌がキュッキュッと鳴る音も聞いた。バスタブのわきをたたいて、コツコツ響いてくる音も確かめた。

いいねえ。

体を起こすと、耳からお湯が流れ出た。そのとき、女の声が聞こえた。

「入ってからどのくらいたつの？」

ショーンの母親だ。

背中や胸からお湯をしたたらせながら、おれは耳をすました。

「二時間三十分」今度はジェイソンだ。「何回ノックしても、入浴中だって言うんだ」

そりゃそうだ。入浴中なんだから。

足音。

コン、コン、コン。

「ショーン？」母親の心配そうな声。「大丈夫？」

「大丈夫だよ」おれはそう答えつつ、ふと思った。もしかしたらちょっと長すぎたんじゃないか？　人間にしては。ショーンにしては。なんにせよ、お湯がまた冷えて腕に鳥肌が立っていた。「今、出るよ」

バスタブからお湯を抜きながら、体をふいてタオルを腰に巻いた。まわりの空気がお湯よりもずっと冷たくて不快だった。それでも好奇心から薬用の戸棚を開け、中を引っかきまわして、びんや箱についているラベルをみんな読んだ。コンタクトレンズ消毒液。イブプロフェン。抗ヒスタミン剤。

ふうむ。ちょっと病気になるのもいいかもな。鼻水、くしゃみ、目のかゆみに、涙目。そのあと薬で治る感じも味わえそうだ。とくに試したいのは、くしゃみ。あれがどんなものなのか、どうもはっきりわからない。見た目は痛そうなのに――なんたって口や鼻から空気が急激に放出される現象なんだから――実際にどこかが痛くなるやつは、まずいないらしい。

戸棚の扉を閉めると、次に引き出しを開けて中をのぞいた。

「ショーン？」また母親の声がした。今度はドアのすぐ外から聞こえる。「ちょっと心配になってきたわ。入ったほうがいいかしら」

「いや、もう出るよ」おれは落ち着き払って答え、ショーンのデオドラントスティックのふたを開けた。小さな輪っかの部分をまわして、スティックがたっぷり出るようにした。それから逆にまわして引っこめ、また逆にまわして出した。おもしろい。

ショーンのTシャツの匂いを思い出して、わきの下にぬりつけた。とくにどうという感じはしなかった。スティックの匂いもかいでみた。ライト・ガード・エクストリーム・パワー・ストライプって商品か。いい香りだ。

ようやくドアを開けると、母親がリビングの椅子に遠慮がちにすわっていた。その椅子からだと、バスルームのドアがまっすぐによく見える。ふだん母親はそこにはすわらない。というより、いつもはどこにもすわらない。仕事から帰ってくると、まず服を着替えて、洗濯をはじめるんだ。

ふと母親への愛情がこみ上げてきた。押しつけがましい親になるまいとしているのがわかった。

おれがドアから出ていくと、母親は顔を上げて目を見開き、あわてて横を向いた。ショーンはいつもしっかり服を着てからバスルームを出る。だがおれは、着替えを持ってくるのを忘れていたせいで、小さな湿ったタオルを巻いているだけだった。

ショーンの部屋にもどると、今度こそ忘れずにドアを閉めた。タオルを床に落とし、ほったらかしのエレキギターにかけてあった洗濯ずみの服に目をやった。ところが布の感触にいくらか慣れてみると、なんだか見た目が気になってきた。服はどれもぼろぼろで、くたびれていて、色あせているうえに、穴だらけだ。ショーンは母親が買い物に連れていこうとするたびに反抗していたが、いったいどうしてだったんだろう？

毎年学校がはじまる前に、母親はとにかくショーンを買い物に連れていく。ショーンがいやがっても、着もしない服を必ず買う。今年買った服も、値札つきでクローゼットにぶら下がったままだ。

あの服こそ着てみたい。ショーンは育ち盛りもいいところだが、まだ入るなら。

クローゼットでシャツを見つけ、それを着てからズボンをはいた。ショーンのくすんだ古い服のほうが、着慣れていてやわらかく、肌に心地よかった。だがまったく着ていない服も、色あざやかでぱりっとしていて、これはこれで大満足だ。

鏡で自分の姿を見た。髪を切って、もう少し顔を出したほうがよさそうだ。しかしそれ以外は、だいぶすっきりしている。

向きを変えていろんな角度から見ると、さらに満足した。これは傲慢か？　それとも虚栄か？

なんにしても、いい気分だ。

鏡を見ながらシャツをズボンに入れ、ベルトを腰の輪っかに通してバックルをしめた。

そしたらなんだかまちがっているように思えた。空より明るくも暗くも見えるきれいな青いシャツが、半分近くズボンに隠れてしまっている。それにベルトも、ズボンという牢にシャツを縛りつけて逃げられないようにする拷問の道具みたいだ。

おれはベルトを外してズボンからシャツを出した。ほら、自由になれ！

すっかりきれいになった足にショーンのかびくさい靴をはくのはいやだったから、クローゼットを探って、数か月前にショーンが結婚式にはいていった革靴を見つけ出した。

そして髪をとかしながら鏡にささやいた。

「ああ、ショーン、おまえにこの姿を見せてやりたかったよ」

部屋を出ていくと、母親がぽかんと口を開けた。

「どこかに行くの？」言ったのはそれだけだった。

「いや、行かないと思う。行くつもりはなかったけど」

「そう」母親は小さな声で答えた。それから少し間をおいて「かっこいいわよ」とためらいがちにつけたした。

「ありがとう」

おれはソファに腰かけて、ジェイソンがテレビゲームをするのをながめた。自分でプレイする気はなかったが、こうしてショーンの目を通して見ると、ジェイソンの腕がかなりいいことに気づいた。ジェイソンはおおぜいのエイリアンを撃ちながら進んでいく。回復アイテムを拾って、自分が受けた最小限のダメージを消していく。

はじめのうちは、いつ後ろからじゃまされるかわからないといったふうに、こっちをちらちらふり返っていたが、やがておれのことを忘れてプレイに集中していった。

夕食の時間はかなり静かだった。ジェイソンも母親もおれのほうばかり見てくる。母親がつくったのはホットドッグで、とてもおいしかった。おれはひとつをマスタードで、もうひとつをチーズとケチャップで、さらにもうひとつを刻みピクルスとマスタードとケチャップとチーズで食べ、ケチャップがいちばん気に入って、ケチャップだけつけたパンも食べた。これは暴食か？　だったらいいな。こんなに楽しいんだから。

母親が二、三度何か言いかけて、そのたびに何も言わずに口を閉じた。

だが、ようやくなんとかしゃべりだした。「ショーン、本当に大丈夫なの？」

「ああ、大丈夫だよ」

そのとたん、おれはパンツをはき忘れていたことに気づいた。まあ、いいか。ホットドッグのパンをもうひとつ取って開き、そこにケチャップをつけた。

「頭がおかしくなったんだよ」ジェイソンが母親に言った。「さっきTシャツにディープキスしてたし」

おれはディープキスなんかしていないと言いそうになった。だが、ジェイソンの目の前でドアを閉めたあと、舌のいろんな部分でTシャツの感触を味わったことを思い出し、だまってパンを食べつづけた。

「ジェイソン、そんなこと言わないの。ショーン……きょう、何かあったの？　いつもと違うことでも起きた？」

まあ、ショーンが死んだが、ほかには……

「何もないよ。べつにいつもと変わらない日だった」

「そう」母親はとまどいながら、おれがケチャップつきの最後のパンを口につめこむのを見つめた。「とにかく、買ってあげた服をやっと着てくれてうれしいわ」そう言ったあと、なにやらはっとして、急にくつろいだ感じになった。だまったまま、こっそりほほ笑んでいる。

「ふたりとも宿題はもう終わったの？」

母親はききながら立ち上がって、テーブルを片づけはじめた。

「ううん」と、ジェイソン。

「いや」と、おれ。

「寝る前に終わらせてね」

ジェイソンはため息をついた。おれはちょっと考えた。バックパックは持ち帰ってある。その中にあしたまでにやる生物のプリントが入っている。もちろん教科書はぜんぶロッカーの中に置きっぱなしだ。

だからってどうってことはなかった。おれは答えをみんな知っている。それに問題を読んだり、答えを言葉にして頭に浮かべたりするのはおもしろそうだ。書くこともできる。紙に。鉛筆で。答えを見る相手に自分の考えが伝わるように文字を書くことで、微妙な指の動きを経験できるんだ。楽しそうじゃないか。

「すぐにやるよ」おれは母親に言った。

実際おもしろかった。鉛筆はショーンの電動鉛筆削り器で削った。ガリッ、ガリガリッ、できあがり！　頬を紙にくっつけて文字を書き、黒鉛の跡が糸みたいに伸びていくのをながめた。文字を少し消し、黒鉛がピンクの消しゴムに巻き取られて小さなつぶになっていくのも見つめた。そのあとボールペンに取り替えたが、そっちはあまりおもしろくなく、ゲルインクのペンを持ってきて、活字体よりは筆記体に近い文字を線に沿ってすらすら書いていった。最後はプリントのいちばん上にショーンの名前をブロック体で書き、それぞれの文字に影をつけて３Ｄに見えるようにした。いいねえ。

終わった宿題はバックパックに入れた。それからベンチプレスをやろうと、上にのっていたものを片づけた。衣類はたたんで引き出しにしまった。いろんなものを足で蹴ってよけないと歩けもしないのがいやだったんだ。

ベンチプレスを何度か繰り返しても、ショーンがやめた理由はわからなかった。ただ、腕が伸びた感じがするのは気に入った。ショーンはおれよりも重いバーベルではじめていた。もしかするとそれが原因だったのかもしれない。飽きてしまったようで、つづけることができなかった。だが、一日にたったの数分だ。やっぱりわからない。おれは、なぜ人間がそれをするのか知ってはいても、本当に深く理解したことはほとんどなかった。

バーベルをおろすと、ショーンの汚れた服を拾った。部屋から出したかったし、くさい匂いがしてくるのがいやだった。服はかすかに洗剤の香りがするほうがいい。

集めた服を持って洗濯室に向かった。リビングを通りかかったときジェイソンが見えた。コーヒーテーブルを前にして床にすわっている。本や紙がテーブルのそこらじゅうに散らばっている。宿題に覆いかぶさるようにしているその姿は、さっきまでとどこか違うようだ。おれはふと立ち止まってジェイソンを見ながら、その違いがなんなのか考えた。

ジェイソンは大きなため息をつくと、ページを少しめくり、文字を少し書いた。それからまたため息をついて、髪をかきむしった。

これだ。無意識に指を熊手みたいにして髪をかいているから、髪が逆立って変なふうにまとまったり、とがったりしているんだ。さっきまでは頭の形にそって髪が下向きに寝ていたはずだ。

見ているうちに鉛筆の動きが止まって、ジェイソンがおれのほうを向いた。このぐらいの明かりで、このぐらい距離があると、瞳のきれいな色は見えないことがわかった。

おれは汚れた服を持ったまま背中を向け、また歩きだして洗濯室に行った。

洗濯かごに服を投げこんだとき、廊下の向こうからかすかにジェイソンの声がした。

「母さん、ショーンはどうしちゃったの？」

「しっ。ショーンに聞こえるでしょ。あの子は大人になっただけよ」

母親が低い声で答えている。

「けど、あの服、見た？」

「あの年ごろの子が急に外見を気にするようになるのは、ふつうのことなの。それにさっき、ベンチプレスをやってる音がしたでしょ」

「だから？」

母親のため息が聞こえる。

「女の子よ、ジェイソン。ショーンは女の子を気にしているの」

「だれ？」

「わからないわ。心当たりはあるけど」母親はおだやかな声で言った。

おれがもどっていってリビングを通ると、ふたりはとたんにだまりこんだ。ジェイソンはまた宿題に覆いかぶさったが、母親はおれのほうを見てにっこり笑った。

おれは立ち止まって笑い返し、ショーンの部屋に向かった。

そしてドアを閉めながら思った。奥さん、知らずにいられるってのも、神のあわれみかもな。

5

キリエ・エレイソン。ギリシア語で「神よ、あわれみたまえ」って意味だ。おれはこの言葉が昔から好きだった。今までいろんな名前で呼ばれてきたが、そのなかのひとつが「キリエル」だったからだ。この名前はおれのお気に入りで、もう使われもしなければ思い出されもしない言語から来ていて、「魂の鏡」って意味がある。

おれがこれまでやってきた仕事は、魂たちが後悔していることをこだまのように本人に返してみせることだった。そうやって自分たちの羞恥心や罪悪感や悲しみの重みをしっかり感じさせるんだ。完全に実感させるには、もともとの原因となった罪がもはや隠されることなく目撃されているってことを本人に知らせる必要もある。

こだまのようにふるまうことで、おれがその目撃者になるわけだ。

だがショーンの体に入った今、おれはもう鏡になる必要はない。自分自身を映してやればいい。映される側じゃなく、映す側になれるんだ。

それにおれははじめて「睡眠」ってものに直面していた。

夢については少し知っているが、受け売りにすぎないし、睡眠そのものについてはまるきりずっと謎だった。魂はふだん体から離れないが、体のようには睡眠を必要としない。だから寝ているあいだに魂に何が起きるか、わからないままだったんだ。

おれは母親と弟におやすみと言った。ふたりの部屋から、床をそっと踏みしめる音と、電気のスイッチを切る音と、ベッドのスプリングがきしむ音が聞こえてきた。

ショーンの部屋の電気は消さなかった。おれは寝ないで引き出しやクローゼットを探った。なんでもかんでも見て、さわって、匂いをかいで、味わってみたい。

ここでの時間が限られていることはわかっていた。こんなに長くいられることがすでにおどろきだ。おれは自分の領域を出ているし、宇宙の仕組みのなかの決められた場所から外れてしまっている。おれのやっていることは、ゆるされることじゃない。

もどされるのは時間の問題だ。それも、遅いよりは早いうちだろう。ここからいちばん追い出されやすいのは、ショーンの体が眠っていて、おれが意識をなくしているときなんじゃないだろうか？

廊下の向こうでジェイソンが咳をしている。

母親の部屋は静まり返っている。

まだこの地上の乗り物を手放すわけにはいかない。どうしようもなくなるまで眠るもんか。

古い石のコレクションを見つけたから、箱からひとつひとつ取り出して調べた。なんの匂いもしなかったし、いくつか口に入れて舌で転がしてみたが、なんの味もしなかった。それでも、色や、感触や、重さが、それぞれまるきり違っている。見たりさわったりしているうちに、まぶたがどんどん重くなってきた。体が電源オフと充電を求めていた。

むりやり目を大きく開けてやった。箱をクローゼットにもどしてベッドに腰かけ、雑誌を何冊か見た。ショーンが持っていた雑誌の数は多くない。美形の女たちが薄着でビーチをはねまわっている古い『スポーツ・イラストレイテッド』。運動用の道具や服が載ったカタログ。

頭がどんどん端から溶けていくみたいにぼうっとしてきた。これが眠気だ。まちがいない。もう何も考えないでくれと頭にせがんでくる、だるさなんだ。

気がつくとカタログに目を向けているだけで、中身を読んではいなかった。

そしてふと思った。この体が眠ったら、おれが仕事にもどることは、もうないかもしれない。

もうゆるされないかもしれない。

この体が眠気に負けたら、ショーンみたいに「死ぬ」んだろうか？　おれはやってはいけないことをやってしまった。だったら、最後に自分の領域にもどったとしても、これまでずっと見てきた果てしない苦しみを、今度は自分が味わうことになるんじゃないのか？

それとも、空気のない場所に置かれた炎みたいに、ただふっと消え失せることになるのか？

おれが感じているものは、人間の恐怖心なんだろうか？　この恐れが？　体が必死に求めているのに、眠るのを拒んでいることが？

反逆して聖なる裁きが迫ったとき、おれは恐れた。何が待ち受けているのかはわからなかったが、逃げ道がないことだけはわかっていた。

それにくらべたら、この恐怖心なんてなんでもない。胃がぎゅっとしめつけられていく感じが心地いいぐらいだ。確かにこれから起きることを考えると恐い。だが、その恐怖心が心地いい。それが自分の感情で、自分が考えていることで、自分の行動が引き起こしたものだからだ。自分のために、自分から生まれたものだからだ。

そもそもおれは地獄に住んでいた。それより悪いことが起きたって、しょせん程度の問題にすぎない。

それに、次に何が起きようと、それは受けて当然のことだ。反逆のときは、罰を受けるほどのものとは思っていなかった。おれとしては、希望と期待と正義感を抱いてやったことだからだ。感謝や称賛や崇拝以上のことをしたい、宇宙の創造に積極的に加わって、自分だけの影響力をもちたいと思っていたんだ。

反逆といっても、実際に何か行動したわけじゃない。おれたちにはそもそも実体がないからな。あれは精神の反乱で、許可なく噴出させた熱情みたいなものだ。たとえば巨大な木がぐんぐん伸び、枝葉を広げて立派なひさしをつくり、見えない地面の下に根をはりめぐらせたとする。夏には緑の日傘となり、冬には枝模様のレースとなり、その全体が複雑で完璧だ。姿を変えようと変えまいと、時を超えて注目すべきすばらしさがある。

そこへいきなり棒きれのような小枝がぽつんとあらわれ、幹の低いところから伸びていく。それが反逆だ。かわいくなんかないし、本体にふさわしくもない。じつは神の意志をほんの少し、ゆがんだ形で、おそまつにまねしているだけだ。まちがった大胆さや誇りに基づいているだけなんだ。それがわかったために恥ずかしくなって、以来ずっと、おれたちはみじめでつまらない仕事に精を出してきた。

だがそのときやったことは、あくまで善意からだった。

一方でショーンの体を盗んだときは、悪いことをしているとはっきり自覚していた。

おれは自分に割り当てられた仕事を放棄した。いわば、船を見捨てたんだ。

今度の罰は、受けて当然ってだけじゃない。自分のものだし、自分をあらわすものだ。自分が招いた結果なんだ。まいったか、神め！

そんなふうに思ったら、眠ろうかって気になってきた。体のほうは、しばらく前から寝たくてたまらない状態だった。

電気を消し、暗闇の中でベッドに向かった。すり足で慎重に進み、手であたりを探ると、ちょうどひざの高さにマットレスがあった。

ベッドに寝そべって上がけを引き寄せた。おれは今までずっと、眠りにつくことをこんなふうに想像していた。底のない穴に少しずつ落ちるような、ゆっくり落下する感じ。本当にそんなふうなんだろうか？

さあ、いよいよわかるぞ。おれは目を閉じてやった。眠るのを待っているうちに、最高に愉快な考えが浮かんできた。もしかすると、これでついに神の注意を引けたかもしれない。たとえそれが怒りに満ちたものだとしても。このたくらみのおかげで、神が自らおれに気づいてくれるかもしれない。

だとしたら、恐怖を感じることも、忘れられてきたことも、それだけの価値があるってもんだ。

……夕が過ぎ、朝が訪れ、
第一の日となった……

6

意識がもどったときに最初に感じたのは重力だった。おれの頬がシーツに押しつけられ、おれの体の片側がマットレスに沈んでいた。

おれの頬？　おれの体？

いや、ショーンのだ。

おれはショーンの目を開けた。

やった！　まだここにいる。まだショーンの体に入っているんだ。

で、睡眠は？

無だ。

時間が飛んだ。

睡眠にどんな意味があるかは、神だけが知っているってことか。

体を起こすと少しふらついたが、気分は最高だった。こぶしを頭上につき上げて、勝利のガッツポーズをした。大声でさけびたいところだが、ショーンの家族をおどろかせるわけにはいかない。かわりに「ヒュー、ヒュー、ヒュー」とささやいて、おおぜいで声援を送っているふりをした。こんな声を出してみたいとずっと思っていたんだ。

どのぐらいかはわからないが、まだここにいられるらしい。おれは腕を下げ、満足してあたりを見まわした。地上の朝を実際に見られるなんて、すばらしいことだ。朝の光を受けて、部屋の色がかすかに変わっている。深緑色の壁が、希望に満ちた豊かな輝きを帯びている。前の晩に寝たときと同じ部屋なのに、そんなふうに少しだけ違って見える。

部屋に引っこんだときにドアは閉めたはずだが、いつのまにかだれかが開けていたようだ。少しすきまがあいていて、ショーンの猫がたんすの上からおれをじっと見ていた。

「おはよう、ピーナッツ」

おれは親しげにあいさつした。

ピーナッツはまばたきもせずに見つめている。

「まだここにいられてうれしいよ」

ぴくりとも動かない。

「ぜんぜん恐がらなくていいのに。いじめたりなんかしないよ。ここに来てなでてほしいんじゃないのか？」

おれはベッドの近いところをぽんぽんたたいた。

ピーナッツは耳をぺちゃんこにしてシャーッと鳴いた。

こんなことをショーンにしたことは一度もない。おれがショーンじゃないって、やっぱりわかっているんだ。

もしかすると、ご主人様がいなくなってさみしがっているのかもしれない。おれはほんの一瞬、自分がしたことを悔やみそうになった。

だが、本当に悔やみはしなかった。おれが体をもらおうと、もらうまいと、ショーンはもうここにいなかったはずだ。

それに、ピーナッツがたんすから飛びおりてベッドの下に駆けこんだのを見て、気に入らないと思った。おれはピーナッツをなでてみたかった。

そこで腹ばいになってベッドの端に寄り、身を乗り出して下をのぞいた。ベッドカバーが垂れ下がっていたから、それをめくらなきゃならなかった。

暗闇に丸いものがふたつ浮かび上がっている。ピーナッツの目に違いない。だが前に見たときとは違い、内側から照らされているかのように、緑がかった金色に輝いている。おれは息を飲んだ。

「おまえは美しい生き物だな。すばらしい創造物だ」

姿の見えないピーナッツに言った。

そして手を伸ばしながら近づいた。

いきなりふたつの目が向かってきて、指先に裂けるような痛みが走った。思わず身を引いたとき、ピーナッツが飛び出してきて、茶色にぼやけるぐらいの速さで廊下の向こうに消えていった。

ベッドの上に体を起こすと、指先に血がにじんでいた。かみそりで切ったような細い引っかき傷が何本かできている。

こう言っちゃなんだが、死ぬほど痛い。

手を上げて引っかき傷を見つめた。赤い血がふくらんできている。あざやかで引きつけられる色だが、ずきずき痛み、部屋の空気に触れるだけで、むき出しの神経が引っかかれるようだ。

「痛い」

だれかがぼそっと言った。次の瞬間、自分が言ったんだと気づいた。とまどっているような声だと思ったが、そこにほかの感情もふくまれていることはわかっていた。

あの猫はおれがショーンじゃないことを知っている。だが、おれを拒絶したのはおそらくそのせいじゃない。たぶん人間にはわからないことをわかっているせいだ。

もしかするとあの猫は、動物ってやつは、おれが拒絶される存在だと知っているのかもしれない。あの動物のほうが人間よりも神の御心《みこころ》に近く、もともと堕天使が近づけないようにつくられているのかもしれない。

神の拒絶を代行しているのかもしれない。

だれよりも知りたいと思いつづけていた相手から拒まれるっていうのは、なかなかきついもんだ。

血がだんだん小さな玉になってきた。そのうち重力がまさって、しずくになり、指をゆっくり流れ落ちていった。

なぜ全知全能の神は、生き物をつくり、それに欲求や要求といった性質を与え、その性質が求めることをしたからといって拒絶するのだろう？　なぜ自らの創造物に不完全さを加え、その不完全さを乗り越えられなかったからといって罰するのだろう？

不完全な存在には、その答えがわからない。答えが与えられることも決してない。たとえ何度たずねたとしても。

7

「おはよう、ジェイソン」おれはキッチンに入るなり言った。

「なんだよ、ショーン」ジェイソンが答えた。

ジェイソンはショーンをちっとも好きじゃないようだが、おれはジェイソンを本当に気に入っている。自分では気づいていないだろうが、ジェイソンは堕天使によく似たところがある。まずもともとの性格のせいで、小さなころから嫌われたり拒絶されたりしてきた。かなり活発で、いつもじっとしていられなかったんだ。何か気になるものを見つけると、さわったり手に取ったりせずにはいられない。そのうち見るだけでは飽きたらなくなり、いじったり、動かしたり、壊れるまで曲げたりする。ベビーシッターも教師たちも、ジェイソンが近づいてくるとぞっとして身を固くしたものだ。しつけをするときは、言葉がどうしても怒りやいらだちに満ちたものになっていた。

そういった反応におれが気づいているぐらいだから、きっとジェイソンも気づいているだろう。

妙なことだが、壊れるまで曲げてしまうというのは、ジェイソンとボスに共通した特徴だ。ボスも限界まで試してみたくなるタチだからだ。ジェイソンと同じで、他人の気持ちや持ち物に無頓着なわけじゃない。ただ好奇心を抑えられないだけなんだ。

　ボスはいまだに抑えられないが、ジェイソンはもう違う。自分の行動のせいで長年うんざりされ、こらしめられ、嫌われてきたために、自分のまわりに不信感という壁をつくり、相手をはねのけるようになってしまった。その壁が無愛想な態度にあらわれているとは、よく見ればだれにでもわかる。ただ、わざわざよく見ようとするやつがいないんだ。

　おれは世界中のジェイソンみたいなやつに親近感をもっている。だからといってジェイソンに話しかけたりはしなかったが、ショーンのいつもの朝食――フルーツ味のシリアルに牛乳をかけたもの――を用意すると、椅子を引いて、新しくできた弟がすわっているキッチンテーブルについた。ジェイソンのそばにいたかったんだ。

　ジェイソンがシナモン味のシリアルを平らげているあいだ、おれは自分のシリアルをスプーンでつついて、それが牛乳の中に沈んだり、また浮き上がったりするのをながめた。

　味はケチャップよりおいしいぐらいだった。

　ジェイソンが朝食を終え、出かけようと立ち上がった。おれはやさしく声をかけた。

「気をつけてな、ジェイソン」ちょうどジェイソンがバックパックを持ち上げて肩にかついだところだった。

「だまれ、ショーン」ジェイソンはふり向きもせずに言った。すたすたキッチンを出ていったかと思うと、少しして玄関のドアを開け閉めする音が聞こえた。

歯を磨いていかなかったな、と思った。おれは昨夜、小さなブラシを小さな歯ひとつひとつに当て、円を描くようにしてていねいに磨いた。あとでもう一度磨くつもりだ。

シリアルは最初はサクサクしていたが、今ではすっかりふやけていた。だが、それでもおいしかったから、残りをスプーンで追いかけまわしてつかまえた。それからボウルを口に運び、牛乳を飲み干した。甘くていい味だ。

そのあと、ショーンの朝の習慣にちょっと変更を加えた。ショーンはいつもボウルとスプーンをシンクに置いていたが、おれは母親の手間を少しでも省こうと、食洗機の中に入れておいた。それから、ショーンがめったにしないフロスもした。

自分の部屋からバックパックを持ってきてリビングを通り抜けようとしたとき、何か白いものが目にとまった。コーヒーテーブルの上にのっている一枚のレポート用紙だった。

ジェイソンの宿題だ。しわが寄っていて、文字で埋まっている。鉛筆でなぐり書きしたような濃くて汚い字で、消しゴムで消した跡もたくさんついている。強くこすりすぎて破れたところまである。

持っていくのを忘れたらしい。

宿題に覆いかぶさるようにしていたジェイソンの姿が浮かんだ。昨夜は髪を逆立てていた。これ一枚に必死に取り組んでいたんだ。なのに、きょう学校に行ったら、宿題をぜんぜんやらなかったように思われてしまう。

だが、おれにできることは何もない。ジェイソンのバスはもう出発しただろう。それに、おれはショーンが乗っていたバスに間に合わなきゃならない。

わき上がってくる同情心を押しのけた。これはおれの休暇で、バカンスだ。他人の悲しみや苦しみにかまっている暇はない。今までのみじめなおれは、そんな感情にばかりひたってきた。それこそ、自分が今まさに遠ざけようとしているものだ。

この休暇は楽しむためにあるんだ。

おれはコーヒーテーブルにレポート用紙をもどし、玄関のドアに鍵をかけて出かけた。

8

スクールバスの乗り場に向かいながら、きょうはクッキーを食べてみたいと思った。チョコクッキーがいちばんよさそうだ。まあ、とりあえず。

バスを待っているあいだ、ヘッドホンをつけてＣＤを聞いた。その音楽のせいで、ショーンのぐちゃぐちゃの部屋を思い出した。うるさい音が次々に重なったり覆いかぶさったりして、聞き分けることができなかったんだ。どっちにしても、ＣＤが音楽以外の音をみんなかき消している感じがいやだったから、ヘッドホンを外してプレーヤーをバックパックにしまった。

ショーンは、この乗り場でひとりきりで待っているとき、いつもばつが悪そうにしていた。両手をポケットにつっこんで、だれの車が通ろうと目を上げようとしなかった。何かにおじけづいていたんだろうか？

理由はよくわからない。ひとりでいるところを見られたからって、どんなひどいことが起きるっていうんだ？

おれはひとりでいるのが気に入った。

あたりを見まわして、風にゆれている木の葉をながめた。魚の群れもこんなふうに違いないと思った。ひとつひとつが自分の居場所を保ちながら、ばらばらに、でもいっせいに動いている。

通りの向こうの庭では、一匹のリスがべつのリスを追いかけていた。最初は遊んでいるのかと思ったが、しばらく見ているうちに、これは縄張り争いで、一匹がもう一匹をやっつけようとしているんだとわかった。

それから目を閉じて自分の鼻歌を聞いた。頭の中で音が響く感じがおもしろかった。耳に指をつっこむと、また違って聞こえる。音がずっと大きくなる。

そのせいでバスの音が聞こえなかったが、ガソリンの匂いがした。さわやかな朝の湿った草の匂いにくらべると、ちょっといやな感じだった。目を開けると、バスの開いた窓から何人かがこっちを見ていて、不思議そうな顔をしたり、横目でにらんだりしていた。

おれは耳から指を出してバスに乗りこんだ。

「おはようございます」と女の運転手に言うと、運転手がかすかに口の端を上げてうなずいた。

それからベイリーのとなりの席に向かった。ショーンがいつもそこにすわっていたからだ。席にすべりこむと、ベイリーがきいてきた。

「さっきあそこで何してたんだ？」

「べつに」

おれはショーンのお得意のせりふを言った。自分ものにしてやろうと思った。

ベイリーはおれの襟つきのシャツとカーキ色のズボンに目を向けた。

「その服、どうしたんだ？」

「ああ、ほかの服がみんな汚れてて」

おれは嘘をついた。今は服のことであれこれ言い合いたくない。はじめて自動車ってやつに乗るんだから、何ひとつ見逃したくない。

おもしろいことに、バスが走りだした勢いで背もたれに押しつけられたあとは、足もとからの振動しか感じられなくなった。おれはベイリー越しに窓の外をのぞいた。通り過ぎていく家や木が見えなければ、自分がこんな速さで動いていることに気づかなかったかもしれない。こんな速さって……時速二十マイル？　三十マイル？

最高だ。

「きのうの夜はなんでチャットに来なかったんだ？」ベイリーがきいた。

「時間がなくて」本当のことだ。「窓側にすわってもいいか？」

ベイリーはまた妙な顔をすると――今回はその表情の意味がわからなかった――肩をすくめて立ち上がった。前の席に体を寄せてくれたから、おれは急いで移動した。

「ちょっと、すわってて！」

運転手が言った。こっちを向いていないのにと思ったら、運転席の上に鏡があった。そこに本人の顔が映っている。おれをにらんでいるようだ。

顔がぜんぜん違うほうを向いているのに、お互いが見えているなんて、すごい。窓が開いていたから、そこから手を出して、通り過ぎる空気を感じようとした。うん、感じる。涼しい風にぐいぐい押されている。

「ちょっと、あんた！」

運転手がさけんだ。バックミラーの中で、またおれをにらんでいる。

「歩いていきたいの？　手を引っこめな！」

おれは手を引っこめたが、理由を知りたかった。

「なんで？」

ミラーの中で運転手の体がめいっぱいふくらんだように見えた。

「『なんで』だって？　あんた、あたしに『なんで』ってきいてんの？」

そうだと答えようとしたが、運転手はおれの答えなんか待っちゃいなかった。

「あたしがだめだと言ったら、だめなんだよ！」

ショーンでいるっていうのは、ある意味、箱に閉じこめられているようなもんだ。前だったら、目で見ることはできなかったが、なんでも知ることができた。今は目があっても、運転手の後ろ姿とミラーに映った目しか見えない。

ただ、運転手が怒っているのはわかる。

そういえばこの運転手はいつも、みんなが規則を守らなきゃだめだと言っていた。きっと何事もなく仕事をこなすのが好きなんだ。自分のバスに乗っている生徒や同じ道を走っているほかの車がいつもと違うことをすると、おそらくストレスになるんだろう。

窓から手を出すことも、きっとそうだ。

だからおれは何も言わず、あとはずっとバスの中に手を引っこめていた。

ショーンの母親には、ショーンが女の子を気にしているという心当たりがあった。しばらく前に、ショーンの服のポケットから、女の子が書いたメモを見つけていたんだ。母親はそれをポケットにもどし、自分が見たことをショーンにだまっていた。こっそりプライバシーをのぞいていたと思われたくなかったんだろう。実際のぞいていたっていうのに。

そのメモは母親が思っているようなものじゃなかった。ショーンが好きな――というより性欲を感じる女の子のもので、ショーンあてに書かれてさえいなかった。床に落ちていたのを教室から出るときに拾っただけだ。一度それで実際にマスターベーションをしたことがあって、あとから恥ずかしがっていた。恥ずかしいと思っていたことは、終わったあとに言った言葉でわかった。「この変態」ショーンは鏡に映った自分にそうつぶやいていたんだ。

それでもメモを捨てることはしなかった。たまに取り出しては、見つめながら指でなでていた。

そのときにショーンが何を考えていたのか知りたいもんだ。

ショーンにとっては、メモをなでるほうがその子に直接話しかけるよりもずっと簡単だった。だが話しかけたとしても、まちがいなく失敗に終わっていただろう。その子が、ショーンに関心がないどころか、ほぼ確実にショーンのことを知らなかったからだ。ショーンの見た目は悪くないが、二十一世紀のアメリカの高校という階層社会のなかでは、外見よりも自信がものをいうときがある。それに、よっぽど親しい友だちの前ならべつだが、ショーンはいつも背中を丸めてこそこそ歩き、話しかけられたときだけ遠慮がちにそっけなく答えるという有様だった。

あれじゃあ、いないのとほとんど同じだ。

メモを書いた女の子——ショーンの頭をほぼいっぱいにしていたに違いないその女の子は、ほかのクラスメートにくらべて、かなり魅力的だと言われていた。具体的には、胸が大きくて、ウエストが細く、脚がすらっとしていて、顔のつくりが見事なまでに左右対称だった。

だが、そんなことはどうでもいい。おれが求めているのは感覚だ。おれの、つまりショーンの体が、セックスしているときにどう感じるかなんだ。とにかくこっちの側の経験さえできれば、だれとセックスするかなんて重要じゃない。

それを考えれば、選ぶべき相手はひとりにしぼられるだろう。

その子の名前はレーンだ。レーン・ヘネバーガー。しばらく前からショーンに熱を上げていて、「ショーン・シモンズの妻」などと日記に書いていた。いつも鍵をかけてマットレスの下に隠している日記だ。それによれば、同じ学校でまだバージンなのは自分だけじゃないかと――ちっともそんなことはないのに――心配もしていた。じつは前からひそかに君のことが好きだったんだよとショーンが言ってくれることをぼんやり夢見てもいた。そんな告白をお互いにしたあと、やさしく愛し合い、いやでたまらなかったバージンを捨てる、そうすればほかのみんなと同じようにモテモテの女の子になれる、そう思っていたんだ。

もちろんショーンはレーンに特別な思いなんかもっていなかった。レーンのことで何か思っていたことがあるとしたら、尻がでかいとか、胸がぺちゃんこだとか、鼻が広がってるとか、そういう批判的なことぐらいだろう。

とことん鈍いやつだ。

10

一時間目は世界史だった。世界の歴史なら何もかも知っているから、その時間を使って、かわりにレーン・ヘネバーガーのことを考えることにした。

教師が古代ローマについて話していたとき、ただレーンに近づいていってセックスしてほしいと言うことなんてできないと気づいた。そんなことをしたら、人間の多くは、とくに女は、まゆをひそめてしまう。

ふうむ。これは面倒なことになりそうだ。セックスするまでに長い時間はかけたくない。いい関係を築きたいわけじゃないし、ましてや信頼関係なんて望んでない。もう苦しみとは無縁でいたいから、だれかを傷つけることもしたくない。

今のところはだれも傷つけていないはずだ。いつもの仕事をやっていたときと同じで、否定的なものであれ肯定的なものであれ、おれには影響力なんてものはない。

今だって、どんないやな感情も招かずに、ショーンの体でセックスしてみたいと思っているだけだ。

まさか、いちばんふさわしい相手はレーンじゃないのか?

おれはショーンの好きな胸の大きな女の子のことをもう一度考えた。

だめだ。ショーンの好みを思うと残念だが、あの子を候補に入れることはできない。たとえおれが勘違いをしていて、じつはショーンがよく知られていたとしても、あの子はショーンを自分より下に見るはずだ。自分ほどファッションにこだわらない連中のことをあんなふうに言っていたんだから。

実際問題として、ショーンはそんなに選べるような身分じゃない。学校のなかにはセックスに大胆な女の子もいるし、おれはそれがだれなのか知っている。だが、その子たちはショーンのことを知らないし、知っていたとしてもショーンとセックスしたがるとは思えない。それほど今までのショーンは、女の子にとって魅力に乏しいやつだったんだ。

この体じゃ、娼婦にも近づけない。レイプは問題外だ。

やっぱりレーン・ヘネバーガーしかいない。

教師にショーンと呼ばれて、おれははっとした。

「あなたも加わってくれる?」

「はい。何にですか?」

みんながどっと笑った。

「授業によ」

「ああ、もちろんです。すみません」おれは答えながら、今は指摘しないほうがよさそうだと思った。教師の後ろの黒板に書いてあることはまちがっている。ローマの大火を引き起こしたのは皇帝のネロじゃない。この教師はスエトニウスの皇帝伝を読んだようだが、スエトニウスはあれを書いたとき、いろんな思惑を抱いていた。

チャイムが鳴ると、おれは教科書をわきにかかえて廊下に出た。この場所は学ぶのにまったくふさわしくない。組み立てラインのトラブルを最小限に抑え、そこから最大限の製品を得ようとする工場みたいなものだ。既成の装置にぴったりはまらない製品、たとえばジェイソンのようなやつは、食いつぶされ、吐き出される運命にある。

この場所でまず覚えるのは、チャイムの音に従って動くこと、じっとすわっていること、静かにしていることのようだ。この三つがぜんぶできないと、結局はだめなやつと見なされることになる。

そんなことを考えているとき、レーンを見かけた。

見たとたん、一気に色欲におそわれた。

人間の想像力っていうのは奇妙で、柔軟性があって、生き生きしている。レーンを目で見たのははじめてだっていうのに、たちまち裸の姿が浮かんできた。ふくよかな尻。

自分以外のだれからも触れられたことのない小さな胸。ショーンの求めに喜んで応じて、いろんな角度に広がっていく手足。

もしレーンがショーンのことをよく知っていたら、それほどショーンを好きにならなかったかもしれない。そもそもショーンには、おすすめできるようなところがあまりなかった。

だがおれはレーンが大好きだ。家族への接し方も気に入っている。ショーンが家族に接するのとはぜんぜん違うんだ。学校で習ったことに関心をもつところもいい。エスニック料理のレストランで新しいメニューに挑戦するところも好きだ。

今、レーンが教科書を抱きしめて廊下を歩いていくのを見ながら、おれは恋を経験しているんじゃないかと思った。

人間の見方によると、恋は化学的な親和力、つまり体内のホルモンが引き起こす身体反応としてはじまることが多い。そのまま頭と心まで引きつけられることもあれば、引きつける力がじょじょに消えてしまうこともある。消えたからといって、必ずしも恋が生まれていなかったことにはならない。とにかくいろんなケースがあるんだ。

おれの場合は、レーンを知って、大好きになって、その色や形や雰囲気にまで引きつけられた。ちょっとした体の動き、その動きが伝える考えや気持ちにもうっとりした。

レーンのあとから廊下を歩いていった。たまにそばまで近づくと、かすかに香水みたいな匂いがした。人混みで離れてしまったときには、まわりの連中を押しのけてでも追いかけた。一度すぐ後ろを歩いて、前かがみになれば唇でレーンの髪に触れられそうになった。レーンの髪は美しい。それはショーンだって認めるはずだ。長くて、おれの想像の中のキャラメルやハチミツの色をしていて、やわらかそうで、なまめかしく見える。指に巻きつけたり、鼻や唇を押し当てたり、かき分けて素肌の匂いをかいだりしてみたい。

そのころには、おれの想像の影響が体にあらわれてきていた。おれはショーンがやっていたみたいに教科書で前を隠して、レーンの後ろを歩きつづけた。

やっぱりレーンに恋してるんだ。

髪があまりに魅力的で、手を伸ばして触れてしまった。指一本だけだったが、ああ、つやがあって、なめらかで、見た目通りやわらかい。

触れたせいでレーンが立ち止まって、くるっとふり返った。目を見開いていたが——ぎょっとして？——相手がだれなのかわかったとたん、愛らしい顔がおだやかになった。

バカなショーン、おまえはほんとに見る目がないな。

「今、何かした？」レーンがきいた。

「髪がきれいだなと思って」おれは答えた。レーンは目もきれいで、薄茶色をしている。その目がおどろいて、またたいて、まつ毛が頬をさっとなでた。

「ありがとう」レーンはそれだけ言うと、ぱっと笑みをもらした。その笑みはすぐに隠れたが、おれの胸は小さくドキッとした。

何も言う言葉が思いつかない。

「えっと、教室に行かなきゃ」レーンが言った。

おれはこう誘いたかった。いや、いっしょに学校を出て、草の上で愛し合おう。だが、どうにかうなずいただけだった。好きにしていいよ、ハニー。

レーンがまた歩きだしたと思ったら、おれもレーンのわきを歩いていた。おれたちはだまったまま廊下のつきあたりまで進んだ。

「どうしてついてくるの？」いっしょに角を曲がったとき、レーンがきいた。

「ついていきたいから。だめ？」

レーンは首を横にふった。ふたりとも科学の教室までずっとだまっていた。

ドアまで来ると、レーンはゆっくり立ち止まり、入るのをためらうようなそぶりを見せた。

それからとうとう、おれのほうを向いた。「なんだか、きょうは違うのね」おれはレーンの口が開いたり動いたりするのを見つめた。その唇がかすかに湿りながら、この体をあちこちすべっていくところを想像した。「だって、わたしに話しかけたりするし」レーンは早口になって、つまりながらしゃべっている。緊張しているんだろうか。「えっと、その、今までなかったわよね。わたしに話しかけるなんて。それでなくても、なんだか、違うみたいだし」

おれは唇を見るのをやめて、レーンの目に集中した。「どんなふうに？」

「そうね……ひとつには、笑ってるでしょ。めったに笑わないのに」

笑ってる？　おれは指先で顔に触れた。ほんとだ、確かに歯が出ている。筋肉が収縮して、頬がいつもより押し上げられている。「うれしいからだよ」

「笑うと、とってもかわいいわ」レーンは、そう口にするかしないかのうちに顔をぽっと赤らめ、首をすくめて教室に駆けこんだ。

レーンはおれとショーンの違いに気づいたようだ。さすがショーンをいつも見ていただけのことはある。

レーン・ヘネバーガー。かしこい子だ。

11

コンピューター応用の授業のあと、ベイリーと昼食をとりにいった。ベイリーはパワーポイントのプレゼンテーションの話をしていたが、おれはレーンのことを考えていた。レーンはこの時間、幾何の授業を受けているはずだ。

「大丈夫か？」食堂の列に並んだとき、ベイリーがきいた。

「ああ」

「なんだか変だぞ、きょう」

「恋してるんだ」

「はあ？　だれにだよ？」ベイリーは鼻で笑った。

「レーン・ヘネバーガー」

ベイリーはブホッと吠えるように吹き出し、「へえ〜」と言って首を横にふった。「まあ、べつにいいけど。きょうはピザみたいだな」と答えながら、つま先立ちになって列の前のほうをのぞき、「ペパロニピザだ」とつけたした。

おれは目を閉じて、レーンの香水の匂いを思い浮かべようとした。うまくはいかなかったが、考えるだけで幸せな気分になった。

目を開けると、ベイリーがこっちを見ていた。

「本気じゃないんだろ？」

「めちゃくちゃ本気だ」

「まさか」

「ほんとだ。レーンが好きなんだ」

「おい」ベイリーはもう少しも笑っていなかった。「ブスだぞ」

「そんなことはない。そう思うのは見る目がなくなってるからだ。高校っていう、このちっぽけな社会の偏見のせいでな。レーンはすごく魅力的だよ」

「デブだろ」

「さっきも言ったが――いや、言ったけどさ、偏見だって」

「どっぷりはまってるってわけか」

「奥深くまで、どっぷりはまるつもりだ」

「ってことは……」列が動いたが、ベイリーは動かなかった。何かを探り出そうとするかのようにおれを見ていた。「どういうことだ？」

「レーンの魅惑の空間に飛びこむってことさ。ベイリー、列が動いてるぞ。さっさと行けよ」

　ベイリーは急いで進むと、おれのほうをふり返った。

「それって……つまり……レーンとやるってことか？」

「そういう言い方もあるな」

　人間の目はよくできている。ベイリーはおれを見ていたが、どこか遠くを見るような目つきもしていた。それで――顔を見ただけで！――わかったのは、ベイリーがおれの言ったことを理解しようとしているってことだった。レーンとセックスするのと、自分みたいにマンガやローションだけで性欲を満たすのと、どっちがいいかくらべているんだろう。さっきは不意をつかれた感じだったが、今はじっくり、真剣に考えているようだ。

　ベイリーはようやくおれに焦点を合わせた。「やるじゃん！」と言ってにっと笑うと、片手を上げて、手の平をこっちに向けた。

　おれの探求心に賛同して、手をたたいてほしがっているんだ。

　だからおれはたたいてやった。

「レーンの家がうちと同じ通りだってことは知ってるよな」ベイリーが言った。

「知ってるよ」

おれは目の前にあるスチールの棒を見下ろした。平らに並んで棚みたいになっている棒が、食べ物の列に沿ってまっすぐ伸びている。つやのある輝きがおれを誘っているようだ。カウンターの奥にいるネット頭のおばさんたちが、まもなく食べ物でいっぱいになったトレイをくれるだろう。そしたら光っている棒の向こうまでトレイをすべらせていくことができる。

実際にやってみると、思ったほどおもしろくなかった。前にいるベイリーと後ろにいるべつのやつにはさまれて、少しずつしか動かせなかったからだ。トレイを思い切り押したらどこまで行くか、おれはそれが知りたかった。

そこで立ち止まって、ベイリーを先に行かせた。

「動けよ」後ろのやつが言ったが、ベイリーがカウンターの向こう端でチョコレートミルクの小びんに手を伸ばすまで待っていた。トレイがそこまですべっていったときにベイリーの手をはさみたくない。

目で距離をはかって、トレイの両側をつかんだ。それから後ろに引いて……

ビュン！　ひと押しで銀色のレールの上を走らせた。

「こら、なんてことするの！」ネット頭のおばさんのひとりが言った。

トレイが止まったと同時に、ベイリーがチョコレートミルクをトレイにのせ、ふり返りもせずに進んでいった。

「おもしろかったか？」となりにいたやつがあきれたようにきいた。だが答えはいらなかったらしく、自分の後ろにいるやつにすぐに話しかけていた。

おれは代金を払うと、ベイリーのあとからテーブルにつき——ベイリーとショーンはいつも決まった席にすわっていた——昼食を食べはじめた。

ピザは期待していたほどじゃなかった。かみごたえがある、いや、ゴムっぽいと言ったほうがいい。そのとなりには白い球根みたいなものもあって、透明なソースというか汁に入っていた。かむとやわらかかったが、少しざらざらしていた。

「これはなんだ？　ジャガイモか？」

「洋ナシに決まってるだろ」

「なんか気に入った」

「ふん、そりゃあよかったな。教えてくれてうれしいよ。そうだ、きのうの夜、母さんがテクトニック・ウォーリアーズ2を買ってくれたんだ。学校が終わったらやるか？」

「いいよ」つるつるすべる二個目の洋ナシにフォークを刺そうとしたとき、はっとひらめいた。「そうだ、ジェイソンも行くかも」

「ジェイソンって、どの？」

「弟の」

「ああ、そうか」ベイリーはピザの残りを口につめこんだ。「子守か何かか?」

おれは首をふった。

「ジェイソンは子守されるような年じゃない。ただテクトニック・ウォーリアーズがすごくうまいんだ。1のほうだけどな」

「へえ。まあ、べつにいいけど」

「洋ナシ、食べないのか?」

「たぶん」

「もらうぞ?」

ベイリーはトレイを押してよこした。

「ぜんぶやるよ」

「サンキュー」

おれは洋ナシにフォークを刺し、汁をしたたらせながら自分のトレイに運んだ。

食べ終わると、トレイを持って返却口に向かった。食堂と調理場を隔てる壁が一部あいていて、そこが返却口になっていた。こんな効率的なやり方をよく考えたもんだ。残った汁やコップの氷を網つきの大きなごみバケツに捨て、使った紙類をべつのごみバケツに入れて、ステンレスのカウンターにトレイをのせた。

「フォーク類は洗い桶よ！」べつのネットおばさんが、がみがみ言った。おばさんたちはみんな白衣を着てネットをかぶっていたが、大きさも形も顔もみんな違っていた。

おれはトレイを引きもどしてナイフとフォークを取り、石鹸水の入った四角い容器にそっと入れた。それからまたトレイを前に押しもどした。そのまま待っていたが、さっきのネットおばさんがありがとうと言うことはなかった。

ベイリーはちょうど自分の分を石鹸水に入れようとしていた。ところがその前にべつのやつがやってきて、肩でベイリーを押しのけ、「どけ」と言った。ベイリーはバランスをとろうと横に動いた。

ベイリーを押しのけたやつは、トレイを投げ捨てて行ってしまった。ベイリーは何事もなかったかのように片づけを再開した。

おれは仲間のほうに歩いていくそいつを見つめた。やっぱりおれが「苦痛の種まき人」と考えているうちのひとりだった。逆らえるほど強くない人間に、恐れや、自己不信や、自己嫌悪を植えつける連中だ。わざとやっているやつもなかにはいるが、ほとんどは習慣として考えなしにやっている。

今までそういうやつらをくさるほど見てきた。死後のそいつらと憂鬱な長すぎる歳月を過ごしてきた。他人に痛みを与えたせいで、連中は罪悪感に打ちひしがれていた。

そうか、実際の見た目はこんなふうなのか。砂色の髪。にきび顔。おれがこれまで見てきた大人の男やティーンエイジャーの少年は、たいてい肩幅が広く、下に行くほどニンジンみたいに細くなっていた。だがこの種まき人、リード・マガウアンは、缶ジュースみたいな寸胴の体型だ。

リードにいろいろ悩みがあることは知っている。積み重なる不安があることも。同情すべきだってこともわかっている。

だが見ているだけで疲れてしまった。リードのような人間は永遠に自分を、そしておれを苦しめる。あまりに鈍くて、せっかく機会があっても、自分の行動を抑えることができないんだ。

しかしリードを見ながら、ふと思った。

おれは今、体をもってここにいるんだから、ああいうやつに影響を与えることだって、もしかしたらできるんじゃないのか?

リードがまだ肉体をもっているうちに面と向かえば……。話し言葉で伝える能力がおれにあるうちなら……。

そうだ、言葉をうまく選んで、ひとことかふたこと言えば、来《きた》るべき永遠のときに、リードもおれもいくらか苦しみを逃れられるかもしれない。

「おい、リード・マガウアン！」おれは呼びかけた。

リードがふり向いた。

「自分の人生をもっと大事にするんだ。それと忠告だが、まわりにあるものは、こきおろすんじゃなくて、感謝するようにしろ。そうすれば、しまいにはおまえもましなことをするようになる」

リードはぽかんと口を開けた。その開け方はあまり魅力的じゃなかった。それから口を閉じて言った。

「なんだと？」

リードの仲間もみんなおれのほうを見ていた。

「まちがいない」おれは言った。「他人を傷つけてばかりきたことを、おまえはあとで後悔することになる」

そして、ショーンらしくない言い方をしていることに気づいた。

「まあ、べつにいいけど」そうつけたして背中を向けた。

昼食のあとベイリーとショーンはいつも外に出る。ベイリーはきょう、ふたりで食堂を抜けるとき、こう言いたそうな顔をしていた。

気でも違ったか？

だが何も言わず、おれといっしょにドアを出ただけだった。外には生徒が何人かずつかたまって、そこらじゅうにたむろしていた。

「次に自殺したくなったら」コンクリートの段からアスファルトにおりたとき、ベイリーが言った。「おれのいないときにしてくれ」

だれかがおれの肩に手を置いた。

「おい、クソ野郎」

リードが言って、おれをふり向かせた。

これがリードの手口、いわゆる常套手段だ。監視のゆるい外に出るまで、おれについてきたんだ。ここまで来れば力でおどせるチャンスが多くなる。

なんて時間と労力のむだなんだ。

おれは自分に言い聞かせた。リードに寛容でいるんだ。理解を示すんだ。こいつの意地の悪さの裏には、恐れがある。

リードの不安の多くはちっぽけでふつうのことだ。その中に、とくに力になってやれそうなことがひとつあった。

「心配することはない」

なるべく声を低くして言った。リードはほかの連中に聞かれたくないはずだ。

「はあ？」リードは笑った。いや、実際には笑ったのとバカにしたのの中間だった。「おれが何を心配してるって？　おまえか？」

「いや」おれは声を低くしたまま言った。「おまえのペニスが小さいことだ」

ベイリーには聞こえたらしい。目が大きく見開いて、白目がたっぷり見えた。

リードの顔は青ざめていた。

だがおれは知っている。リードが自分のペニスを定規で何度もはかっていることを。ペニスのサイズの情報をインターネットで探して、性的な目的じゃなく比較する目的でポルノサイトを見ていることを。

「ほんとに」おれはリードを安心させようとした。「不安にならなくていい。おまえのペニスは、縮んでいるときは小さいほうかもしれないが、たてば平均値の中に充分入る。だから、こんなふうにいばりちらす必要は――」

リードのこぶしが飛んできたのは、そのときだった。

12

「一発ですんでラッキーだったな」

その日の午後、帰りのバスの中でベイリーが言った。

「一発で充分だ」おれはうなずいた。

「うずくまったのがよかったんだよ。あれはいい手だった。うまいこと考えたな」

「ああ」うずくまったのは、いい手だと思ったからでも、考えたからでもない。ただ痛かったからだ。

一般に、精神的な苦痛は肉体的な苦痛よりもつらいと言われている。確かにそっちのほうが長くつづきやすいことはおれも認める。だが、リードになぐられた瞬間、おれはそれまで感じたこともない激しい痛みを感じた。もし果てしない精神的苦痛を一瞬に縮めることができたら、リードの右フックみたいなものすごい痛みを感じることになるんじゃないかと思った。

それにしても、なんで気にかけたりしたんだろう？　自分で選んだ道から外れさせるなんて、どうやったらこのおれにできるっていうんだ？　導くことがおれの役目だったことなんか一度もないのに。教えることなんかできないのに。影響を与えることも、人の心を動かすことも。

おれにできるのは、受け止めることと映し出すことだ。

だが今は映し出すどころか、引き受けてしまっている。もうこの顔をショーンのものとは呼べない。左あごのずきずきする痛みはおれのものだ。神経はおれのものだ。腫れた唇はおれのものだ。

この体はおれのものなんだ。

リードへの接し方に問題があったことは認めなきゃならない。あのときおれはちゃんとショーンらしくふるまっていなかった。ショーンらしくおとなしくしていることこそ、おれのすべきことだったのに。上の連中の気をまだ引いていないのは、ほんとにラッキーだ。

面倒を起こせば起こすほど、ここから早く引きずり出される。

もっと気をつけないと。この貴重な時間をできるだけ長く引き延ばすんだ。

「いっしょに降りるか？」ベイリーがきいた。

その質問の足りない部分を補うのに、ちょっと時間がかかった。ベイリーは本当はこうききたかったはずだ。「あと半ブロックでおれが降りるバス停だ。このあとうちに来てテレビゲームをする気はまだあるか？　もしあるなら、いったん自分の家に寄って、何か準備してから歩いてくるほうがいいか？　それとも、次でいっしょにバスを降りて、まっすぐおれのうちに行くか？」

「家に寄って、ジェイソンに来るかどうかきいてみないと」

「ああ、そうだったな」

これまでベイリーのことをたいしたやつだなんて思ったことはなかった――こいつはそもそもじっくり考えるほどの相手じゃなさそうに思えた――が、今ではベイリーが好きになりかけていた。ベイリーは、はじめこそ型通りの否定的な反応をしたが、レーン・ヘネバーガーをこころよく新しい目で見ようとしていた。リードに押しのけられても、腹を立てなかった。今も、ジェイソンが加わろうがどうしようが、ちっとも気にしていないようだ。まちがいなくおおらかなやつなんだろう。目の前で何が起きようと、それを気楽に受け止めるやつに違いない。

これなら、ショーンがもっと早くジェイソンを誘うことだって簡単にできたはずだ。

バスがきしんだ音を立てて止まり、背中が座席に押しつけられた。

「じゃあ、またあとで」ベイリーは立ち上がって前に行き、ステップをおりて姿を消した。おれが見ているのに、ふり返りもしなければ、手をふりもしなかった。ショーンが今もここにいる、そしてこれからもずっといるとしか思っていないんだろう。

人間はじつに多くのことを当然だと思っている。

自分が降りるバス停に着いたとき、家まで走ってみようと思った。バスが出発すると、すぐにペースを上げてどんどん速く歩き、その勢いですんなりジョギングっぽく走りだした。バックパックがガタガタと不愉快にゆれ、息が荒く速くなっていったが、脚の筋肉を限界まで伸び縮みさせて、とにかくスピードを上げていった。どんな感じがするか確かめてみたかった。

いい気分だ。

十秒ぐらいすると、肺に充分な空気が入らなくなってきた。胸に丸石でもつまったような感じだ。ひとりでに足が遅くなり、息をしようとあえいだ。

空気がこんなにうまいものだなんてはじめて知った。体にどっと入りこんできたが、砂漠に水が流れこむときもこんなふうなんじゃないかと思った。

歩いて家に入ると、玄関わきの廊下にジェイソンのバックパックがあった。忘れていった宿題はまだコーヒーテーブルの上にのっていた。当のジェイソンはキッチンにいるようだ。そっちのほうからがさごそ音がする。

忘れられた宿題を拾い上げてキッチンに行くと、ジェイソンがカウンターの前に立って「チップスアホイ！」と書かれた袋を開けていた。

クッキーだ！

「今朝、これを家に忘れていっただろ」おれは宿題を差し出した。

ジェイソンはクッキーを頬張りながらふり向いた。宿題を見て少しとまどっていたが、肩をすくめて受け取り、「どーも」と口をもぐもぐさせながら言った。

開いたクッキーの袋から甘い香りがただよってくる。袋には「かむごとにチョコチップがたっぷり！」と赤っぽい字で書いてある。

「ひとつくれる？」

「やだ」

まちがえた。ショーンならぜったいにきいたりしない。何も言わずに取るはずだ。

ジェイソンにヘッドロックをかけることになったとしても。

おれはジェイソンにヘッドロックをかけたくなかったが、クッキーはどうしても食べたかった。

「その口、どうしたの？」おれが考え事をしていると、ジェイソンがきいた。

「べつに」

おれはさっと手を出して袋をつかんだ。ジェイソンがすぐに引っこめたが、クッキーが三枚ほどカウンターに落ちた。おれがひとつ拾ってかじりついたすきに、ジェイソンは袋を持ったままアイランドキッチンのカウンターの向こうに逃げていった。

うーん、うまい。最初はサクサクして、そのあとに小さなかけらが舌の上で溶けていく。

「ベイリーがテクトニック・ウォーリアーズ2を手に入れたんだ。今から遊びにいくけど、おまえも行くか？」

「テクトニック・ウォーリアーズ2」と聞いたとたん、ジェイソンの目がおれに釘づけに、それから疑わしげになった。「なんで？」

「おもしろいゲームだから」

「マジでさ、なんでぼくにきくんだよ」

「おまえがやりたいだろうと思ったから」

いくつかの感情がジェイソンの顔に見え隠れした。その動きが速すぎて、おれにはついていけなかった。

「ふん、遠慮するよ」ジェイソンはようやく答えた。その声からは、さげすむような気持ちがにじみ出ていた。

おれはクッキーをもうひとつ拾って口に入れた。今度はかまずに唾で溶かした。

これはあんまりおもしろくなかった。やっぱりかむほうがよさそうだ。

ただ、かむには注意が必要だった。下唇が少し痛い。

ジェイソンはキッチンの反対側からおれを見ている。「転んだか何かしたわけ？」

おれは答えを考えた。ショーンなら「うるさい」とか「おまえの知ったことか」とか言うはずだ。

「ああ」

「リード？　よくレンガの壁をなぐってみせて、カツアゲしてたやつ？」

「リードになぐられたんだ」

ジェイソンは首をふった。「バカだな」

「おれが？　それともリードが？」

「ショーンがだよ！　バカすぎる。あいつとけんかするなんてさ」

「いや、怒らせただけだ」

ジェイソンは袋をかきまわしてクッキーをもう一枚出した。さっきのを食べ終えていたおれは、カウンターに落ちていた最後のクッキーに手を伸ばした。

「どうやって怒らせたの？」

「きっかけは、おれがあいつに言ったからだろうな。おまえのペニスは小さいって」

ジェイソンは声を上げて笑った。あまりないことだからか、しわがれたような耳ざわりな声だった。「あのリードに、あそこが小さいって言ったの？」

「いや、ペニスが小さいって言ったんだ」

「はあ、よく生きて帰ってこれたね。なんでそんなこと言ったんだよ？」

おれは肩をすくめた。

「いかれてるな」ジェイソンはまた首をふったが、にんまりしていた。おれはジェイソンの気持ちがよくわからなかった。「ほら、ぜんぶやるよ」ジェイソンは袋をカウンターに放り投げて、リビングのほうへ行ってしまった。

おれはクッキーを六つ取り出してシャツのポケットに入れ、袋の口を巻いて閉めた。それを棚にもどそうとしたとき、ジェイソンがカウンターの上にさっきの宿題を忘れていったのに気づいた。

それを拾って、リビングに持っていった。

ジェイソンはいなかった。おれは部屋の真ん中につっ立って考えた。ジェイソンはどこに行ったんだ？　いつもここに来て、お菓子を食べて、テレビの前にすわりこむのに。

廊下の向こうからかすかにブーンという音がした。

バスルームの換気扇だ。ジェイソンはトイレにいるんだ。

おれはジェイソンの宿題をコーヒーテーブルに置こうとした。だが、ジェイソンは前にもここに置きっぱなしにしているし、さっきもキッチンのカウンターに忘れていった。三度目は忘れないでいるとは、どうしても思えない。

ジェイソンのバックパックのチャックを開けると、丸めた紙や、カバーになぐり書きのある教科書が入っていた。その中から、宿題を入れるフォルダーを探した。見つかったフォルダーはすり切れて、つなぎ目が破れそうになっていて、「英語」と書いてあった。

フォルダーを取り出すと、ポケットのひとつに宿題を入れ、またバックパックに押しこんだ。それからチャックを閉め、ジェイソンが置いていた通りに床の上にもどした。

ショーンの部屋に行こうと廊下を歩いていると、ジェイソンがトイレから出てきた。

「あのさ」すれ違うとき、ジェイソンが言った。「いっしょにベイリーの家に行ってもいいかも」

それを聞いてうれしかったが、何も答えなかった。ショーンなら答えないだろうし、ショーンのやりそうにないことを自分がまだいろいろやっていると思うと、気が重かった。

ショーンのバックパックを部屋に置いてもどってくると、ジェイソンがソファに腰かけていた。なんだかリビングがいつもと違うように感じた。あたりを見まわして、何が違うのか確かめた。

テレビが消えている。だから音がしないし、ちらちらする動きも見えない。ジェイソンが静かにすわって待っているだけだ。

ジェイソンは両手をひざに置いていた。ちらっとおれを見たが、立ち上がりはしなかった。

「行くぞ?」おれは言った。

ジェイソンは一度だけすばやくうなずくと、口をぎゅっと閉じたまま立ち上がった。おれがドアを開けると、ためらいがちについてきた。「緊張してるのか?」

「べつに」ジェイソンは、さげすみがにじみ出るようなあの声で言った。だが、ほかに何も言わないところをみると、本当は緊張しているのかもしれない。

確かにジェイソンといっしょに遊ぶなんてショーンらしくない。何かたくらみがあるんじゃないかとジェイソンは心配なんだろう。

「心配しなくていい。テレビゲームをしにいくだけだ」

ジェイソンはまたちらっとおれのほうを見た。何も言わず、ベイリーの家までずっとだまっていた。おれから離れて、ぎりぎり手がとどかないぐらいの距離にいた。おれがベイリーの家の玄関前でベルを鳴らしたときには、歩道に引っこんで、おれたちを中に入れてくれたベイリーの母親、ミセス・ダーネルにあいさつもしなかった。

緊張がやっとゆるんだように見えたのは、みんなでベイリーの部屋にすわって、コントローラーをにぎってからだった。ジェイソンはみるみる集中して、指以外ぴくりとも動かなくなった。

ショーンなら喜んでゲームをやっただろうが、おれはあまり興味をもてなかった。コントローラーのボタンの色はきれいだし、それを押すことで画面につくり出される動きもそれなりにおもしろいが、ベイリーの部屋を見るほうがもっと楽しかった。ショーンの部屋とは違い、いくつかある本棚に本がぎっしりつまっている。ほとんどは同じ色で、背表紙に番号がふってある。壁にはゲームの広告やポスターが貼ってあって、目の大きなキャラクターが剣やいろいろな武器を持っている姿が描いてある。すみにはアンプにつないだギターも立ててあるが、ベイリーがしょっちゅう弾いているから、ショーンのギターみたいにほこりをかぶっていない。部屋自体もショーンの部屋よりずっと片づいていて、床に服が落ちていることも、ベッドが乱れていることもない。

それでもボタンを押してゲームに集中しようとした。ショーンならそうしただろうと思った。

「ゲーム、オーバー」

テレビのほうからもったいぶった声がした。おれがコントローラーを下に置くと、ベイリーも自分のを置いて伸びをした。ジェイソンは戦闘態勢のままだった。

「ジェイソンはまあまあだったな」画面にあらわれたスコアを見ながら、ベイリーがそっけない声で言った。それから「けど、ショーン」と、冷たいとまではいかないが、同じぐらいそっけない声でつけたした。「おまえはひどすぎる」

「そりゃあ、痛いんだから仕方ないだろ」おれは仰向けに寝そべった。ふかふかの分厚いカーペットが、むき出しの腕や手に触れた。いつかここに裸で寝てみたいと思ったが、それが実現しそうにないことはわかっていた。

だからかわりに両手をすべらせ、カーペットの上でぱたぱた動かした。それから脚もいっしょに動かして、ハサミみたいに開いたり閉じたりした。「ほら、カーペットの天使だぞ」おれは言った。「天使か。くくっ」思わず笑ってしまった。これじゃあ冗談じゃないか。われながらおもしろいことを言ったもんだ。

ベイリーは首をふっただけだった。「ショーン、早くキャラクターを選べよ」

「おまえとジェイソンでしばらくやっててくれ。おれは本を見せてもらうよ」

「マンガは嫌いじゃなかったのか？」

ショーンはマンガが嫌いだった。だがおれはこの目を通して見てみたかった。マンガのけばけばしい色に引かれていた。

「すぐにゲームにもどるからさ」おれはベイリーに言った。ベイリーとジェイソンがまたゲームをはじめると、立ち上がって本棚をながめた。

本はシリーズごとに完璧に並んでいるようだったが、よく見ると、いくつかのシリーズのなかにほんの数冊、順番がくるっているものがあった。そういう本は、たいてい背表紙がしわになっていたり、すり切れたりしていた。これがベイリーのよく読んでいる本、つまり好きな本ってことなんだろう。

すり切れた本の一冊を取り出してページをめくった。ペンで描かれたいろんな線を目で見るのはおもしろかった。太くてしっかりした線を見たときと、細くて頼りない線を見たときとでは、少し違った感情的反応が引き起こされる。描いてある女の子は、ショーンのスポーツ雑誌に載っていた美形の女たちを思い出させた。ただ、こっちのほうがありえないほど脚が長く、目や頭がかなり大きな丸になっている。

本をもどし、目と指を使って棚にあるほかのものを探った。顔の形に大ざっぱに削ってあるココナッツがあって、ふたになっている上のココナッツとつながっていた。繊維が出て、ぼさぼさしている。顔のわきに「シュリッターバーン・ウォーターパーク」と焼き印が押してある。中はくり抜いてあって、たくさんの硬貨と、金額の違う札が何枚か入っている。匂いをかいだら、ほんのりかびくさかった。

棚のすみに、ビーズのネックレスが太い束になってかかっていた。どれも紫色か金色か緑色に輝いている。さわろうと手を伸ばして、指でビーズをなでたとたん、すっかりとりこになってしまった。ビーズは手の中で泳ぎ、流れ、ぶつかり、音を立て、まるで雲か、水か……よくわからない何かみたいだ。なでるとなぜか気持ちよくて、とにかくなでつづけた。そのあと近づいて顔にこすりつけたが、手でさわったときのような感じはしなかった。顔に当てた感じは……でこぼこだ。

それから、まるでショーンらしくないことをしていると気づき、後ろめたい思いであたりを見まわした。

ジェイソンとベイリーはまだゲームに熱中していた。

おれはしぶしぶネックレスを垂らし——指のあいだを通らせながらゆっくりと——棚におとなしくかかっているようにした。それからまたほかのものを探りはじめた。

べつの棚に写真が積み重なっていた。いちばん上にあったのは、ケーキののったテーブルにベイリーが身を乗り出している写真だ。ケーキに立ててあるロウソクを吹き消そうとしていたらしい。前回の誕生日のときだ、とおれは気づいた。

いちばん上の写真を持ち上げた。その下にあったのは、一枚目を撮り終わってすぐと思われるベイリーの写真だった。ただ、今度のは少しべつの角度から撮ったようで、となりにすわっていたショーンも写っている。

ショーンはとくに何もしていなかった。カメラを見てもいなくて、ただそこにすわって椅子に寄りかかっていた。顔にはかすかな笑みが浮かんでいる。おどけるベイリーを見つめながら、ケーキが配られるのを待っていたようだ。

次の写真を見た。ショーンの体で写っているのは片手だけだ。その手はテーブルの上に置かれている。あとからふと思いついたように。気づいてもらうつもりなんかなく。

だがおれは気づいた。

手を目の前に上げて見つめた。写真に写っている手と同じだ。ショーンも同じようにこの手を見ていたんだろうか。この日ベイリーの家で何を考え、何を感じていたんだろう。

その記憶はおれにはない。ショーンの頭のどこかにあるはずだ。無断で手に入れた脳のひだの中に隠れて。それを開ける鍵をおれは持っていない。

ショーンは逝ってしまった。だれも知らないが、ここにはもういないんだ。

体の中から何かがせり上がってきた。なじみがなさすぎて、最初はなんなのかわからなかった。それのもっと重苦しくて圧倒的なやつをずっと経験してきたっていうのに。体の中でぐらぐらしているそれは、とがっていながらもずしりと重い石みたいだった。後悔や、さみしさや、取り返しのつかないものがつまっていた。他人を通して感じたことはあっても、自分で感じるのははじめてだ。

おれは写真を置いて背中を向けた。ショーンがいないことを悲しみたくなかったし、罪悪感を抱きたくなかった。何より、そんなことをしてもむだなのはわかりきっている。この体におれが入りこもうがどうしようが、ショーンは死ぬことになっていた。おれがショーンからうばったあの最後の瞬間は、痛みに満ちていたか、何も感じなかったか、どちらかだ。

おれはもとの場所にもどって、ジェイソンとベイリーのとなりにすわった。何も言わず、何もせず、ただショーンの弟と親友を見つめた。ふたりとも夢中でゲームを楽しんでいて、まったく気づいていなかった。ショーンが残したものが、写真数枚と空っぽの空間だけだということに。

13

「楽しかったか？」おれは帰り道にジェイソンにきいた。

「まあね」

この返事からすると楽しかったようだ。つまらなければ、何か皮肉めいたことを言っただろう。あるいはぶっきらぼうに「ぜんぜん」と答えたか。

だが、確信はもてなかった。「あしたも行きたいか？」おれは試しにきいた。ジェイソンが楽しんでくれていればうれしかった。

他人の感情に影響を与えたかもしれないと思うと、本当にうれしかったんだ。

「たぶん」ジェイソンは肩をすくめた。

やっぱり楽しかったんだな。まだ確信はもてなかったが、おれは自分にそう言い聞かせた。

家に着くと、宿題をやることにした。ジェイソンはテレビをつけたが、おれはまっすぐショーンの部屋に行った。

中に入ったら、ベッドの上にピーナッツがいた。ピーナッツは脚を隠したかっこうですわっていた。四本とも体の下にきっちり押しこんである。小さな何かのかたまりの上に頭だけのっているみたいだ。

バックパックは部屋のすぐ内側に立ててあった。おれはそこに手を伸ばしかけていたが、ゆっくりと体を起こした。指先の引っかき傷がまだひりひりしている。

ピーナッツがいやがるかと思って、声は出さなかった。ピーナッツのいやがることは何もしたくない。

ベイリーの部屋にあった写真のことをつい考えた。おれがにせ者だってことをピーナッツは知っている。おれの動機はなんなのかとか、おれがひどいことをしているんじゃないかとか、そんなことは気にしていない。ただ盗っ人だってことを知っているんだ。

おれはしばらく身構えていたが、ピーナッツはかかってこなかった。出ていこうともしなかった。

おれはピーナッツに勝ちたい。勝って味方にできるか、とにかく試してみたい。だが、こっちを見ている様子からすると――やつは黒い縦線の入った薄緑色の目で、まばたきもせずにじっと見ていた――どうもおれを責めているようだ。おれが神の意志に背くことをしているからに違いない。この宇宙で割り当てられた場所から離れてしまったからだろう。

あの小さな猫と目を合わせるのはつらい。

おれはゆっくりと慎重に横歩きで部屋を出た。

ピーナッツは、何を考えているのかわからない目で、ただじっと見つづけていた。おまえの勝ちだ。


その晩、母親はマクドナルドで夕食を買ってきた。おれはクォーターパウンダー・チーズとフライドポテトとコークにした。今度のケチャップはびんじゃなくてアルミの小袋に入っていた。どの袋も角を横切るように点線が入っていて、小さく「切り取り」と書いてある。切り取ったあとは袋を逆さまにして、ケチャップを中からしぼり出さなきゃならない。

強くしぼりすぎたり、切り口が小さすぎたりすると、ケチャップが思わぬ方向に飛んでいく。そのせいでおれは自分のシャツに、テーブルの上に、そしてジェイソンの腕にケチャップを飛ばしてしまった。

「何するんだよ」ジェイソンが文句を言った。

「ごめん」おれはシャツをつまんで持ち上げ、そこについていたケチャップをなめた。ジェイソンが「うえっ」と言ったのと同時に、母親もぎょっとして「ショーン！」とさけんだ。

わかったよ。なめなきゃいいんだろ。

おれはかわりにナプキンをつかんで、ケチャップをこすった。ああ、もったいない。母親が食べているのは、プラスチックの皿に入ったサラダだった。しゃきしゃきとおいしそうで、いろんな緑色のものに、カールした紫色やオレンジ色のものが混ざっている。赤くて丸い小さなものもぽつぽつ散らばっている。

母親はケチャップの袋より大きい袋を取り出すと——それには男の顔が描いてあった——点線に沿って簡単に破いた。「ジェイソン」と明るい声で言いながら、どろっとした白いものを袋からゆっくり野菜にかけた。「夕食が終わったらキャメロンに電話して、今度遊びにこないかきいてみたら？」

ジェイソンのことやジェイソンに友だちがいないことで、母親はもう何年も気をもんでいる。以前はよく自分から世話をやいて、同じクラスの男子に遊びにきてもらっていた。だがジェイソンがお返しに誘われることはめったになかった。自分の家に呼ぼうと思うほどジェイソンを好きになるやつがいなかったんだ。自分の息子を説得して誘わせる親もいたが、やがてそんな親も、ジェイソンが目を合わせようとしないことや、よくおもちゃを壊すことや、ガムの包み紙をうっかり落として歩くことに不満をもらすようになった。

今やジェイソンは十三歳だ。友だちづくりを母親にせっせと手伝ってもらうような年じゃない。ただ母親のほうは手伝いたくてうずうずしていた。励ますような声の調子でわかった。「ねえ、そうしたら?」母親はせかすように言った。

おれはフライドポテトをぐるぐるまわして、ケチャップがたっぷりつくようにした。母親がすすめているキャメロンはジェイソンと同い年で、三軒先に住んでいる。あいつを家に呼ぶなんて、とんでもないまちがいだ。キャメロンは「苦痛の種まき人」のひとりで、ジェイソンみたいなやつらを食い物にしている。

ジェイソンも同じ意見のようで、「いやだ」と答えた。

「どうして?　いい子だと思うけど」

母親は空き袋のひとつにさっきの袋を投げ捨てた。

「消しゴムをぶつけてきたから」

母親は小さなプラスチックのフォークでサラダをかき混ぜ、慣れた手つきでレタスを引っくり返した。おれはジェイソンのまねをしてポテトのとなりにケチャップをしぼり出していたが、今になって、直接かけてフォークで混ぜればよかったと思った。そのほうが理にかなっている。

だが、ああ残念、プラスチックのフォークはあまっていなかった。サラダ類にしかついてこないようだ。

おれはポテトをいちいちケチャップにつけながら食べつづけた。

「それは三年生のときの話でしょ、ジェイソン。キャメロンにもう一度チャンスをあげなきゃ」

ジェイソンもおれも、キャメロンに二度目のチャンスなんかやるべきじゃないとわかっていた。キャメロンはどうせ来るのを断るだろうし、翌日になったら、よくも生意気に誘えたもんだとジェイソンを学校でからかうに決まっている。

そう思っても、もちろんおれが言うわけにはいかない。それにジェイソンの答えはまた「いやだ」だった。

母親はうなずいた。サラダをかき混ぜるのに夢中になっているように見えたが、フォークにつつかれたレタスが今では危なっかしいほどの勢いで皿の中をはねまわっていた。

「じゃあ、ベニーは?」母親はあきらめなかった。

ベニーは数ブロック先に住んでいる。面と向かって両親をののしったり、殺したいやつのリストをつくったり、インターネットで爆弾の作り方を調べたりしているやつだ。だがそんなことはジェイソンの母親には知りようがない。わかることといったら、ベニーの母親がPTAの会長をしていることや、息子のシャツをズボンに入れさせていることぐらいだろう。

「いやだ」ジェイソンはまた言った。いつものぶっきらぼうな言い方だった。

母親はため息をついて、困ったような顔をした。おれはなんだか気の毒になった。母親はジェイソンのことを本気で心配している。どうやって助けたらいいかわからなくなっているようだ。

考えているうち、そういえばジェイソンの友だちにちょうどよさそうなやつがいるなと思った。八年生の男子で、ベイリーの家のわりと近所に住んでいる。恥ずかしがり屋で、テレビゲーム好きで、協調性のない、ジェイソンみたいなやつだ。ふたりがいっしょにいれば、きっと楽しめるだろう。

だが、おれにはまだそういった問題がよく理解できなかった。どうやったらふたりの人間を友だち同士にできるんだ？　とくに両方とも無口で、目を合わせないやつのときは？

「ジェイソン、面倒なのはわかるわ。でも、たまには出かけて、ほかの子と遊んでほしいの」

「それならやったよ」

ジェイソンはダブルチーズバーガーの最後のひと口を頬張りながら言った。

「食べながら話すのはやめなさい。やったって何を？」

ジェイソンは口の中のものをかんで飲みこむと、「出かけて、ほかの子と遊ぶこと」と言って椅子を後ろに引いた。

「そんなこと、いつしたの？」

「放課後」ジェイソンは立ち上がった。

「席を立っていいか、ちゃんとききなさい」

「席を立っていい？」

「いいわ。それで、どういうことなの？　出かけて——」そう言ったときにはもう遅く、ジェイソンはいなくなっていた。母親はだれもいない出入り口に向かって「ほかの子と遊んだっていうのは？」とつづきを言った。尻すぼみになったその声にはとまどいが感じられた。同じ言葉でもジェイソンが言うと違った意味になる、そう思っているようだ。

この様子じゃあ、母親がジェイソンを追いつめて、押さえつけて、洗いざらい一気に説明させるのも時間の問題だろう。

「おれといっしょにベイリーの家に行ったんだよ」おれはかわりに説明した。

「まあ。どうして？」母親は不思議そうにきいた。

「ベイリーとおれが誘ったんだ」

「誘ったって、自分たちといっしょに遊ぼうって？」

「ああ」

母親はやっと状況を理解したようだ。「だったら、どこに行くかちゃんと電話で教えてくれなきゃ」と言ったが、どこかためらいがちで、怒っている様子はなかった。それからしばらくだまりこみ、考え深げにサラダを食べた。

「それ何？」おれは指さしながら言った。

母親は皿を見下ろした。「チェリートマトよ」

おれは残っている未開封の袋を見た。「トマトケチャップ」と書いてある。

「食べてみていい？」

「トマトを？　どうぞ」

母親がつき刺そうとすると、トマトはフォークの下から飛び出してしまった。次にすくおうとしたが、今度は転がって逃げていった。結局、指でつまんで、おれに手わたした。「はい」母親はいらだたしげに言った。

おれは口に放りこんでトマトをかんだ。舌の上に汁が飛び出した。がっかりだ。ぜんぜんケチャップみたいな味じゃない。フォークで追いまわすだけの価値もない。

そうか、ケチャップがああいう味なのは、べつのものが入っているからだ。香辛料とか、砂糖とか、いろんなものが。

それでもかんで飲みこんだ。舌触りがおもしろかった。

母親はまだ考えこんでいるようだ。おれはじゃましないことにして、ポテトとハンバーガーを静かに食べ終え、カップの底に少し残っていたコークをすすった。それからごみを片づけ、キッチンに持っていって捨てようとした。

「席を立っていい？」おれは忘れずにきいた。

母親はうなずいたが、おれが立ち上がると、あわてて「ショーン」と呼びかけた。

おれは止まった。

「きょうはとてもいいことをしたわね。弟をいっしょに連れていくなんて。ジェイソンは楽しんでた？」

「たぶん」

「ほんとにありがたいわ。ジェイソンはなかなか友だちができないから」

母親はそう言ったが、相変わらずジェイソンのことで気をもんでいるのがわかった。またサラダをかきまわしはじめたからだ。

「あしたも誘おうか？」おれはそう言って、寛大なところを見せた。

「ええ、できれば。でも、あなたが肩身のせまい思いをすることになったりはしないわよね？」

「おれの肩はそんなにせまくないよ」

おれは母親に教えてやってから背中を向けた。もしピーナッツがべつの場所に移っていたら、部屋に行って、ショーンが不合格になった試験をやり直したいと思っていた。小さな丸が何百とついているシートがあって、答えるときはそこにマークを入れることになっている。丸を選んで、その中をぬりつぶすんだ。早くやってみたい。

「あなたはいい子ね、ショーン」おれがそばを通りかかったとき、母親が言った。

おれは立ち止まった。こんなときは何かするべきだ。お返しになるようなことを言ったりしたりしなきゃいけない。

母親の肩に手を置いて、ぎこちなくぽんぽんたたいた。それが自分にできる精いっぱいのことだった。

母親はちょっとおどろいていたが、すぐにほほ笑んだ。少しのあいだ、おれの手に自分の手を重ねた。その手は骨張っていて、指が冷たかった。

肉体っていうのは、じつはけっこうだらしない。ただのゴムの袋みたいな皮の中に、内臓がこぼれ落ちないでおさまっている。汗や油はじわじわ出るし、死んだ細胞はひっきりなしにはげ落ちている。そんな肉体を接触させるなんて、つきつめて考えれば、奇妙としか言いようがない。

だから、自分がそれを好きだとわかって、おどろいた。

ぬりつぶすっていうのは楽しそうだった。実際にやってみたら十分ぐらいで終わった。いろんなぬり方をしてみたが、鉛筆の黒鉛で小さな丸を埋めるのに、そんなにたくさんの工夫ができるわけはなかった。それでも試験を終わらせ、今度は幾何の宿題に取り組んだ。そっちはあまりおもしろくなかったが、ショーンのやるべきことをやらなきゃと思っていた。

宿題が終わったころには、ジェイソンも母親ももう寝ていた。おれも寝ようと思ったが、今朝ベイリーからチャットに来なかったと責められたことを思い出した。

キーボードや画面を介して話すなんて、あんまりおもしろくなさそうだ。だったら顔を合わせて話すほうがずっといい。顔が筋肉の伸び縮みでくずれたり、ゆがんだり、引きつったりするのを見るほうが。

だが、これがショーンの生活だ。おれはその一部始終をせめて追ってみようと思った。

パソコンの電源を入れると、うなるような低い音がした。まるでパソコンが生き返ったみたいだ。おれはため息をついて、インスタント・メッセンジャーを立ち上げた。

ブロロン！　パソコンから音が鳴って、小さな画面がぽんとあらわれた。

フルメタル7bd　よう、顔の具合は？

ベイリーだ。

おれは「痛むけど、ましになった」と答えようとしたが、キーボードを打つ練習をしたことがなかった。ショーンが慣れていたから、どこにどのキーがあるかはわかっていたが、またしても「知るとやるとでは大違い」で、正しい場所に指を置くのにずっと下を向いてなきゃならなかった。時間がかかりすぎるから、結局はただこう答えた。

トロイアxxl　大丈夫。

フルメタル7bd　何してたんだ？

指でキーをつつくようにして「いろいろ」と打った。ところが送信ボタンをクリックしたとたん、またブロロンと音が鳴って、べつの小さな画面があらわれた。ショーンがよく同時に複数の会話をしていたことは知っていたから、おれは新しい画面のほうにさっと目を向けた。

神の使い　キリエル、おまえは神のご意志にまっこうから背き、不法侵入を行っている。これは警告だ。仕事にもどれ。さもなくば、罰せられるぞ。

14

指先が一気に冷たくなった。

トロイアxxI　だれだ？

ブロロン！

神の使い　今すぐ仕事にもどれ。

神と直接話したいと長年思ってきたが、まさかこんな方法でついに接触してきたっていうのか？　ＡＯＬのインスタント・メッセンジャーで？　おれはものすごくがっかりした。

いや、待てよ。「神の使い」が神自身のはずはない。きっと代理のひとりだ。ガブリエルか、ミカエルか、ラファエルか、そのあたりだろう。

これで自分がリストの低い位置にいることがわかるってもんだ。下っ端とさえ顔を合わせてもらえないんだから。

トロイアｘｘｌ　　おれはだれと話しているんだ？

この書き方でまちがってないよな？「だれと」っていうのは直接目的語で、「おれはだれそれと話している」って言うんだから……

うん、合ってる。

おれは送信ボタンを押した。

「神の使いさんはオフラインです」と小さな画面に出た。

フルメタル７ｂｄ　　まだいるか？

トロイアｘｘｌ　　もう出ないと。じゃ。

おれはメッセンジャーから出て、パソコンの電源を切った。もう二度とさわるつもりはなかった。それに今夜は寝るつもりもない。この体が勝手に意識をなくすまでは。

いずれ連中はおれをここから引きずり出す。

いや、もう引きずり出そうとしている。

不思議なことに、おれは満足と恐怖と不安をいっぺんに感じた。

今もだれかに見られている気がする。手を伸ばして机のライトを消し、部屋を暗闇で包んだ。そしたら少し安心した。これでおれを探している相手も同じようにまわりが見えなくなったはずだ。

光のない状態に目が慣れてくると、だんだん暗闇がいろんな濃さの黒や灰色に見えてきて、物の形が少しずつわかるようになった。家は静まり返っていて、ブラインドの陰にある窓が、きれいな銀色にぼんやり光っている。

散らばっているCDをまたいで窓に近づき、ブラインドの紐を引き上げた。そのとたん、顔にふっとほこりがかかった。

すぐに鼻がむずむずして、妙な感覚におそわれた。自分の意思とは関係なく何かをしてしまいそうだ。このがまんできない感じは……

「ハクション！」

くしゃみだ。おれはくしゃみをしたんだ！　射精のときみたいに、抑えられなくてどうしようもなかった。もちろんあの気持ちよさにはとうていかなわないが、それでも同じように肉体的な現象だ。神が非堕落組の部下を送ってくる前から、おれが体験してみたいと思っていたことだ。

うれしいことに、また鼻がむずむずして、抑えられない感じが高まってきた。くしゃみが今にも気管を通って出てきそうだ。

本当にがまんできないものなのか、今度は確かめてみたいと思った。抵抗しようと、目を大きく見開いて、鼻にしわを寄せて……

「ハクション！」

すごい！

少し待ってみたが、ほかには何も起きなかった。始末の必要なものが鼻から出ることもなかったから、前に歩いていって窓を開けた。網戸に外と隔てられていても、夜の空気をかいだり感じたりすることができた。

アンプを引きずってきてそれに腰かけ、窓枠に両ひじをついた。窓が銀色に見えたのは月のせいだとすぐにわかった。月が太陽の光を反射していたんだ。金色に輝く昼間の熱い光が、宇宙をぐるっとまわっているうちに薄れて涼しくなっている。

こんな違いがあるなんておもしろい。どっちも同じ……空気なのに。部屋の空気は独特の匂いがする。ショーンの汗じみのような、ピーナッツのトイレのような、夕飯に食べたフライドポテトの油のような。一方で外からただよってくるこの夜の空気には、たくさんのかすかな匂いが混ざっている。ほとんどは経験不足でかぎ分けることができないが、ひとつは青い草の匂いだろう。もうひとつは湿った土だろうか。

残りは？　知らないままになりそうだ。知る前に地獄にもどされるに違いない。

ショーンの肺を使い、自分の息を吸って吐いた。外から吹いてきたそよ風が、ショーンの腕の短い毛をなでつけた。だが、それを感じているのはおれだ。おれが感じているんだ。おれが見て、聞いて、味わっているんだ。

おれは今、人づての苦痛以外のものを経験している。

しかも、それを気に入っている。

ため息をついて、両手で頬杖をついた。すでに目が重くなり、頭に霧がかかったようになっていた。体が睡眠を求めているらしい。

睡眠。なんてむだなものなんだろう。今度こそ、もうこの世で目覚めることはないかもしれないっていうのに。

月が、その薄い灰色ごと、ぼやけてかすんできた。

おれは泣いているのか？

目をきょろきょろさせて、涙を見ようとした。視界が確かにぼやけていたが、頬に手を当てると、かわいていた。

目をぎゅっと閉じると、目のふちやまつ毛を感じた。そこにはまちがいなく、湿ったつぶがいくつかあった。やっぱりちょっと泣いたんだ！　そう満足しながら思った。もっと泣こうとしたが無理だった。ようやく立ち上がって窓を閉めた。ブラインドをおろしながら、とっくにわかっていたことを認めた。これから何が起ころうと、この休暇はそれだけの価値がある。どんなものにも値する。泣いて本物の涙を流すことができたし、レーンの匂いをかげたし、チェリートマトが舌の上ではじけるのを感じられたんだから。指先を引っかかれたことさえ、趣《おもむき》と深みを加えてくれた。おかげで、それがなかったらもてなかった感情や考えをもつことができた。

すべてがすんだあとで、もしおれが神に気にされていたとわかったら、そのときこそ、すばらしいバカンスが本当にふさわしい終わりを迎えたことになるだろう。

暗い廊下を通ってトイレに向かった。喜びと悲しみが混ざったような不思議な気持ちだった。

やりたいことはまだいろいろある。小さいことだが、熱い風呂に入りたいし、ふかふかのカーペットにさわりたいし、セックスもしてみたい。

つまりは、ただここにいたい、それだけだ。もう少しだけでいい。まだやっと一日だ。それじゃあ充分じゃない。
ぜんぜん足りないんだ。

……夕が過ぎ、朝が訪れ、
第二の日となった……

15

最初は、暗闇がどこまでも広がっていることに気づいた。

次に、動けないことがわかった。とらわれて、つながれている。おれの腕も脚も縛られている。

おれの腕？

おれの脚？

目を開けると、暗闇がペンキの深緑色に変わった。

おれはまだ同じところにいて、ショーンのベッドに横たわったまま壁を見つめていた。

見下ろすと、シーツが夜のうちに体にからみついていたのがわかった。

おれはまた朝を迎えられたんだ！

「やった！」たんすにすわっておれを見ているピーナッツにさけんだ。今度はだれに聞かれてもかまわなかった。

ピーナッツは無表情にじっと見つづけている。

「取り立て屋はまだ来てないみたいだ。わかるか？　所有権の回復ってやつだ。この体はそもそも借り物なんだから、おれは厳密には所有なんかしてないけどな。わかるだろう？　おまえはかしこい猫だもんな」

それでも、すましたままだ。

動きもせずに、おれが着替えるのをながめている。

おれは今にもここから追い出されそうだった。だが朝になった今、どうしてもやりたいと思うことが頭にふつふつとわいてきた。

ここを去る前に機会を見つけて、すばやくこの乗り物をもうひと押しかふた押ししてやれるんじゃないだろうか。

そうだ、きっとなんとかやれる。小さな印を少し残すぐらいなら。だれかを傷つけるようなことや、時空の流れを妨げるようなことはしない。おれが去ったあとも残るちっぽけな星印を少しつけるだけだ。少年が森の奥に行って、だれにも見られることのないイニシャルを木の幹に彫るみたいに。「キリエル参上」と残すんだ。

具体的に何をしたいのかはこれから考えなきゃならないが、とにかく何かをしておきたい。

おれはピーナッツから離れて、いやがられないようにしていたが、着替え終わると少し近づいていって、ほどほどの距離からじっくりながめた。脚は白く、のどや胸の前と同じ色をしている。残りはなめらかな茶色で、そろった縞模様だ。だがここからだと、縞の境目が重なってぼやけているのもわかる。ふわっとした感じもするし、ぎざぎざした感じもする。指を伸ばしてさわってみたい。

いや、だめだ。

キッチンに入ると、母親がカウンターでバッグを探っていた。わきにはティッシュや紙やメイク道具が小さな山になっている。

「おはよう」母親は山に財布を追加しながら言った。「いつもより少し早いじゃない」

「そうなんだ」

探していたものは鍵だったらしく、それを見つけてバッグから取り出した。「今朝は悪い夢でも見たの？」そう言って、ほかのものをぜんぶバッグにもどしはじめた。「何かさけんでいたようだったけど」

「いや、悪い夢は見てない。よく眠れたよ」

「だったらよかった。ところで」母親は声をひそめて、おれの肩の後ろをちらっと見た。「ジェイソンをベイリーの家に誘うの、忘れないでね」

そうだった。「忘れないよ」

「それと、ジェイソンが起きてきたら、ちゃんと薬を飲むように言ってくれる？」

「わかった」

母親はにっこりして裏口に向かった。「安心したわ。気をつけて行ってらっしゃい」

「母さんも」おれがそう答えたときには、母親はもう出かけていた。

おれはボウルとスプーンをふたつずつ用意して、ボウルのひとつに自分のフルーツ味のシリアルを、もうひとつにジェイソンのシナモン味のシリアルを入れた。すばやく流れ落ちていくシリアルが、みんなかすんでいるように見える。

牛乳を注いでいると、ジェイソンがあらわれた。すっかり着替えていたが、靴紐は結ばないままで、髪はぼさぼさだった。

「ほら」おれはボウルを差し出した。ジェイソンはなにやらぶつくさ言いながらも、受け取ってテーブルに持っていった。スプーンをつかんでボウルにつっこみ、もくもくと食べはじめた。

おれはジェイソンのとなりにすわった。またシリアルを食べられるのがとても楽しみだった。色が違うと味も違うのか確かめたくて、きょうはひとつずつ食べてみた。ほんとに味が違ったから、スプーンでより分け、黄色いやつだけをまとめて一気に口に運べるようにした。

これにちょっと時間がかかって、気がつくとジェイソンは食べ終わるところだった。おれはやっと思い出してきいた。

「おい、きょうも学校が終わったら、おれといっしょにベイリーの家に行くか？」

ジェイソンは肩をすくめた。

「それは行く、行かない、どっちだ？」

ジェイソンはまた肩をすくめ、こっちを見ずに言った。

「ぼくはふたりみたいにうまくないから」

おれはその言葉の意味をちょっと考えた。ジェイソンは三人でやったテレビゲームのことを言っているらしい。

「おまえのほうがおれよりうまいじゃないか」おれは心から言った。

「そんなことない」

「うまかったよ、きのうは」そしてこれからもずっと、とまでは言わなかった。「それに、一度ベイリーを倒してたし」

ジェイソンは聞こえなかったのか、椅子をきしませながら後ろに引いて立ち上がった。空になったボウルをシンクに持っていって、落とすように置いた。ステンレスに当たるゴトンという短い音と、べつの断続的な音がした。グラスを割ってしまいそうな危なつかしい音だ。ジェイソンは一瞬の間をおいてから、おれをちらっと盗み見た。

「忘れずに薬を飲めよ」おれは言った。

ジェイソンは、もうこんなところに用はないといったふうにシンクからさっと離れ、カウンターのいつもの場所にある小さな茶色のプラスチック容器をつかんだ。その容器がいつもカウンターにあるのは、よく見えるようにしておけば思い出しやすいと母親が言ったからだ。薬を飲むことに関しては、ジェイソンはかなりのベテランだ。容器から一錠出して水なしで飲むのに、二秒もかからない。

「じゃあ」おれが言いかけたとき、ジェイソンが容器のふたを閉めて下に置いた。「また学校のあとでな」

「わかったよ」ジェイソンは肩をすくめた。

他人とコミュニケーションをとるとき、確かにジェイソンは表情や声の調子をあまり変えない。口数だって多くない。おれもここでしばらく過ごしてみて、なぜジェイソンが物事を気にしないやつだと思われがちなのかがわかった。

だが実際、ジェイソンはかなり気にしているはずだ。コミュニケーションをとる手段が他人よりも乏しいからといって、まったくとっていないってことにはならない。もしジェイソンがこのあとおれに何か言ったら——たとえば家を出る前に「行ってきます」

と言ったとしたら――それなりの親愛の情を感じているってことだ。

だからジェイソンがキッチンを横切っていくとき、おれは何も言わなかった。ただシリアルをより分けて食べながら、耳をすましていた。

「またね」ジェイソンはぼそっと言って、ふり返らずにドアを出た。

おれはわざわざ返事をしたりはしなかった。どうせジェイソンはもういない。だが、自分の顔に何か動きはないかと、手を当てて確かめてみた。

歯は出ていなかったが、口の両端がかすかに上がっていた。にかっと笑うんじゃなく、ただひっそりほほ笑んでいた。


「おまえ、なんだか無口だな」バスの中でベイリーが言った。

「ああ」確かに無口だった。いろんなことを急いで考えていたからだ。やってみようと思っていることはいくつかある。この体から引きずり出されてしまう前に、キリエルのKを何か所かに彫るんだ。「疲れてるみたいだ」おれは嘘をついて、ベイリーが放っておいてくれることを願った。

その通りになった。ベイリーは何か書いてあるカードの束を出し、それを一枚ずつじっくり見ながらめくりはじめた。単語カードだ。

おれは席で落ち着いて考えた。残された時間は少ししかないし、ショーンの友だちと家族をひどいめにあわせるようなことはしたくない。目立たなくても満足できる痕跡さえ残せればいい。

Kと彫りたい木は主に三つある。

よし、まずは最初の木だ。「頼みがあるんだけど」おれはベイリーに切り出した。

「ん?」ベイリーはカードをにらみながら、うわの空で答えた。

「もしおれに何かあったら、ジェイソンの面倒をみてやってくれないか?」

ベイリーは顔を上げた。「はあ?」

「つまり、その、けがをするとか、ほら、もしかして……死ぬとかさ。そうなったら、おれの頼みをきいて、ジェイソンをちょっと気にかけてやってほしいんだ。外に連れ出したり、どうしてるか確かめたり」

ベイリーはおれをじっと見ている。なんだかピーナッツみたいだ。

「何かおれが知っておいたほうがいいようなことがあるのか?」

疑っているような言い方だったから、おれはわざとゆっくり顔を向けて、ベイリーとしっかり目を合わせた。

「いや」

「病気とか、そんなんじゃないよな？」

「違う」

「確かか？」

「ああ。ただ頼みたいだけだ」

「それにしてもずいぶん変な頼みだな」

「とにかく、きいてくれるか？」

「そりゃあな」ベイリーは単語カードに目をもどした。「まあ、べつにいいけど」

ショーンとベイリーの話のなかに、今まで「死」が出てきたことはなかった。おそらくベイリーは、考えたことさえほとんどなかっただろう。だが今は、ひざの上のカードを見下ろしながら、ちょっとまじめになって考えているようだ。

よし、これでジェイソンについては最初の手を打った。今のところ、ほかにおれにできることはない。今度はレーンのことに集中するんだ。

「ショーン」ベイリーの沈んだ声が聞こえた。

「うん？」

「もしおれに何かあったら、頼みをきいてくれるか？」

「もちろん」

「おれを埋めるとき、首ふり人形のコレクションも必ずいっしょに入れてほしいんだ」

「わかった、必ず入れる」おれはまじめに約束した。ただ、ベイリーが死ぬときには自分はもういないとわかっていたから、なんだか悪い気がした。

そしてふと、ベイリーがにやにやしているのに気づいた。

冗談だったのか？

おれは想像してみた。腕を交差させて細長い棺に横たわっているベイリー。そのまわりで大きな頭をふっているたくさんの人形。

冗談だ。

「おもしろいじゃないか」

「おまえ、真に受けたな？」ベイリーはせせら笑って、また前かがみになった。そして単語カードをちらちら見ながらつけたした。「バカなやつ。まったく〈顕著〉だな。おまえが〈不埒《ふらち》〉で〈妄信的〉なアホだってことは」

ベイリーは「顕著」という単語の使い方をまちがっている。おれはやれやれと首をふって、窓の外を見た。

二番目の木は、レーンだ。

おれはレーンと性的な喜びを得るのをひたすら楽しみにしていた。だが考えているうちに、やり方に少しひねりを加えれば、ふたつの望みをかなえられるんじゃないかと思えてきた。

そうだ、おれはレーンを自分の欲求を満たす道具にしようとしている。だがおれだって、レーンの欲求を満たす道具になれるんだ。

ショーン・シモンズという人間を、レーンの人生に最高の経験を与えてくれた相手にしてやろう。

レーンは知らないが、こんなにラッキーなことはない。十代のたいていの連中と違って、おれは女の子にとびきりの初体験をさせられるだけの知識をもっている。だからって困ることは何もないし、それどころか、おれの喜びも増すはずだ。

とにかく、やるのは学校が終わってからしかない。学校にいるあいだは、おれたちの愛をまっとうする機会はないだろう。おれはひとりきりでいるレーンをつかまえる。それからレーンが日記に書いていたことをそのままそっくりやる。レーンがすでに思い描いているシナリオのひとつに従って、お互いの腕の中に飛びこみ、そのあとセックスをするんだ。事が終わっても、レーンにはいつまでも記憶が残る。その後の人生の中でいつでも喜んで思い出せる記憶が。

さて、日記にはなんて書いてあったっけ？　思い出すのが大変だ。確かバージョンがいくつかあった。ひとつは、ショーンがレーンを学校のダンスパーティーに誘うってやつだが、これはもちろん問題外だ。近々ダンスパーティーが開かれる予定はないからな。もうひとつは、ショーンが何も言わずに「きらきらした目」でレーンにほほ笑みかけるってやつだが、おれには目をきらきらさせる方法がわからない。ただ、なんだかおもしろそうだ。やっているやつが見つかるかもしれないから、きょうはきらきらした目をずっと探していることにするか。

ほかに、ショーンがレーンに「君はきれいだ」と言うってやつもあった。

うん、これだ。

ベイリーの口がかすかに動いていた。声を出さずにカードを読んでいるようだ。バスはもうかなり走っていたが、おれは通り過ぎる景色をまったく見ていなかった。ずっと窓の外を向いていたのに、何も目に入っていなかった。ほかのことに没頭しすぎて、脳が視覚情報の入力をすべて省いていたらしい。

やっと焦点を合わせて最初に見えたのは、教会だった。なぜ教会だとわかったかというと、表に立て札が出ていて、「ファースト・メソジスト」と書いてあったからだ。

きのうは見なかった。ここを通ったとき、反対側を見ていたんだろう。ブロックのような四角い建物で、平凡な白いセメントでできている。

ここは本当に神聖な場所なのか？　神はほかの場所よりもここにいることが多いのか？　この場所を使って、ほかの生き物とはない結びつきを人間ともっているのか？

おれは顔を後ろに向けて、遠ざかっていく教会を見つめた。


英語の授業を受けながら、レーンと過ごす午後の戦略を練った。まずレーンが幾何のクラスから科学のクラスに移るときに、おれがまた追いかけていく。そしてレーンの好きな笑顔をできるだけ見せてやる。放課後におれの、いや、ショーンの家に来るように誘う。ジェイソンがテレビゲームに夢中になっているのを確かめる。レーンを部屋に連れていって「きれいだ」と言う。ふたりで裸になって心と体を結合させ、幅広さの面でも激しさの面でもとびきりの経験をする。簡単だ。

ああ、ほんとに楽しみになってきた。

チャイムが鳴ると、机の上を片づけた。教壇を通り過ぎようとしたとき、教師がおれを呼び止めた。

「ショーン、ちょっといいか？」

おれはまだあれこれ考えていて返事をしなかったが、素直に教師のもとに行った。

「きのうのテストの採点をはじめたんだが、君の答案について話したいことがあってね」

「なんでしょう?」

教師は手を伸ばして紙の束を持ち上げると、いちばん上の紙に目を向けた。

「今回のテストで君は百点だった」

「はい、そのようですね」

「これはちょっとおかしいと言わざるを得ない。君はこの一年、かろうじてCマイナスを取るのがやっとだったんだからな」教師は紙の束を机に放り投げて腕を組んだ。

「ショーン、君には席を移動してもらうよ。ミンディ・パーソンズから離れてもらう」

「わかりました」

教師はおれをじっと見つめた。

「ショーン、正直に答えるんだ。このアーサー・ミラーの戯曲を本当に読んだのか?」

おれはこう答えそうになった。「厳密に言えば、いいえ、読んでいません」だが、ショーンがカンニングをしたと教師のコリンズが疑っていること、そしてこのやりとりに意味がないことに気づいた。ショーンはもうここにいないし、おれはこの戯曲の内容を前から知っている。

「はい、読みました」実際にはショーンはこれを読まずに死んでいるが、そんなことはどうでもよかった。早くこの教室を出て、自分のすべきことに取りかかりたい。

「なら、わたしが今ここでいくつか質問してもかまわないね？」

「次の授業があるんですが」

「すぐにできる質問を二、三するだけだ」

「わかりました。じゃあ、どうぞ」

コリンズは机に寄りかかって、また腕を組んだ。「教えてくれ」

「何を知りたいんです？」

コリンズは肩をすくめた。「まず題名を言ってもらおうか」

「『るつぼ』です」

「内容は？」

「表向きは、嘘つきの十代の少女たちがサタンの手先にとりつかれたと主張する、セイラムの魔女裁判の話です」やっぱりばかばかしいぐらいおれたちを侮辱した話だよな、とおれは思った。「しかし、一九五〇年代にマッカーシー上院議員が行った数々の審問をほのめかしていると読むこともできます」

「では主人公は？　だれだ？」

「ジョン・プロクターでしょうね」

「いいだろう。なら、ジョン・プロクターに何が起きるか教えてくれ」

「主な出来事としては、妻が魔術を使った罪で告発されるということです。告発した少女たちのうちのひとりとジョンが不義の関係にあったので、事態は困難なものになります。ジョンの妻は、夫の不義を公の場で明かして自分の罪を晴らすこともできました。しかしそうしようとはせず、結局は苦しむことになります。やがてジョン本人も訴えられ、最後には無実の罪で絞首刑に処せられます」

おれはコリンズを見すえて、次の質問が来るのを待った。

だがコリンズは質問しなかった。さっきまで責めるようにおれをじっと見ていたが、その目がゆれ動いた。

「もういい」コリンズは少ししてから言った。「点数はこのままにしておく。だが、もし君の目がほんの少しでもほかの生徒の答案用紙に向くようなことがあったら、そのときはすぐに落第《カピーシュ》だぞ。わかったな？」

「ええ、いいでしょう。ただ――」おれはこれを言っておかなきゃならないと思った。「生徒が急にやる気を出すってこともありますよね」

「めったにない」

「でも、ありますよね」

「ごくまれだ」

「でも、あります」

「まあ……かもしれんが」コリンズは机の上にある紙の束を見た。少しうなだれているようだ。「そうだな、あるかもしれん」

おれはつづきを待ったが、コリンズは何も言わなかった。「終わりですか?」

「ああ。もう行っていい」

「わかりました」おれはバックパックを肩にかけた。それから「わざわざありがとうございました」とつけたしてドアに向かった。

「ショーン」

おれはふり返った。

「思い上がるんじゃないぞ」

はい、先生、と答えようと思ったが、あとから考え直してただうなずいた。レーンがいなくなってしまう前に早く会いにいきたかった。

「やあ」おれは廊下でレーンに追いついた。

レーンがふり向くと、きれいな髪が肩にかかった。おれはまだ人間の表情を充分にわかっていなかったが、それでも慣れてきてはいたから、レーンの顔つきが変わったことに気づいた。変わったのは、相手がおれだとわかったからだ。それか、おれをショーンだと思ったからだろう。とにかく、うれしいときに顔が「輝く」って言う意味がやっとわかった。今、レーンの顔は輝いていた。

ただ、「きらきらした目」をしていた、ってほどじゃないか。

「こんにちは」レーンは、はずんだような声で言った。

「よかったら――」おれは落ち着き払った声を出したが、ほんとはあんまりドキドキして、話すたびに心臓が肺や肋骨に当たるのを実際に感じるほどだった。「きょうの放課後、おれのうちに来ない？」

「何しに？」

「何って……」おれは口ごもって考えた。

お互いの性欲を満たすため、なんて言っちゃだめだ。何もかも台無しになる。

「宿題だよ。宿題を手伝ってくれないかな」

「何の？」

「英語」そう言ってから、このあいだ見たときはレーンの英語の成績があまりよくなかったことを思い出した。「幾何」

「えっ、どっち？」

「幾何」おれはきっぱり言った。「おれ、幾何が苦手で」

「わかった、行くわ。お母さんかお父さんは家にいるんでしょう？」

「ショー……おれの父さんはいっしょに住んでないんだ。母さんは六時まで仕事に出てる」

「じゃあ、六時過ぎまで行けないわ。大人のいない家に行っちゃだめってママに言われてるの」

バックパックが肩に食いこんできた。少しずらそうと、ぐいっと持ち上げた。

レーンの母親の決めたルールのことをすっかり忘れていた。あれに従うと、面倒なことになる。

「お母さんにはだまっていればいい」こんな手はむだだろうと思いつつ言った。

やっぱりむだだった。レーンは教科書を胸に引き寄せると、おれの案に少しとまどった様子で「嘘はつけないわ」と答えた。

ああ、レーン、なんて正直なんだ。大好きだ！

「わたしのうちに来てもらってもいいけど」

いや、それはできない。レーンの家にはおばあさんがいる。あのおばあさんなら、おれたちをふたりきりにしてくれないどころか、おれをレーンの部屋に入れてもくれないだろう。ダイニングテーブルにおれたちもすわらせて、バターミルクを一杯飲みながら自分の子どものころの話をするはずだ。

おれはあわてて考えた。できるだけ急がなきゃならない。言ってみれば、いつ判決が下されてもおかしくない状況だ。

「ベイリーの家で会うのは？　あいつのお母さんなら、放課後には家にいるよ」

「あなたとわたしがベイリーの家で宿題をするの？」

「うん。君のお母さん、ベイリーのお母さんをご存知だよね？　それに信用してるだろう？」

「ご存知……」レーンはおれの言葉を繰り返しながら、口をゆがめて笑った。

「何かおかしい？」

「ぜんぜん。ベイリーの家なら大丈夫かも。ベイリーはそれでいいの？」

「うん」うれしくて胸がいっぱいになってきた。ベイリーならおれの頼みをきいてくれる。レーンとおれがふたりきりになれる時間をつくってくれるだろう。

「レーンをおれの家に誘ったって？　おれに断りもなしに？」

ベイリーが響く声で言った。

おれたちは昼食の列に並んで、丸いパンに何かをのせた料理が出てくるのを待っていた。列のずっと先にいるやつらのトレイにケチャップの小袋が見えたから、おれは期待が高まってそわそわしていた。

「なんでそんなことしたんだ？」ベイリーは不満そうに言った。

「レーンの家じゃ、結合できる見込みがない」

「結合できる見込みなんか、おれの家でだってない。それに、おれの勘違いでなけりゃ、おまえはレーンのことをろくに知りもしないはずだ」

「レーンのことならよく知っている」

「はあ？　おまえ、レーンと最後に話したのはいつだよ？」

「きょうの午後」

「そうじゃなくて……今週をのぞいてだ。今週をのぞいたら、レーンに最後に話しかけたのはいつだと思ってるんだ？」

「覚えてない」

「おれの記憶では、小学二年生のときだ。ふたりで『突撃！』ってさけんで、通りにいたレーンに水風船を投げつけただろ？」

「レーンを来させるのはお断りってことか？」

「べつに来たってかまうもんか。おまえは肝心なことをわかってない」

肝心なことをわかっていないのはベイリーのほうだが、それを説明するわけにはいかなかった。ベイリーは、レーンがどんなにショーンに恋い焦がれているかも、首の後ろでカールしているショーンの髪の様子をどんなになまめかしく日記に書いているかも知らない。レーンはショーンを愛しているし、喜んで自分の気持ちを行動に移したいと思っている。おれと同じことを考えているんだ。

おれはため息をついた。「なら、ベイリー、肝心なことってなんだ？」

「レーンがおまえにやらせるつもりだとしても、実際にはやれるチャンスなんかないってことだ」

「少しのあいだ、部屋にふたりきりでいられるようにしてくれさえすればいい」

「じゃあ、母さんとおれはどうするんだ？　おまえがたらしこんでるあいだ、家の外で待ってろっていうのか？」

「そうか、おまえの母さんがいたな」

「ったく！」ベイリーの母親はティーンエイジャーが家に集まってもまったく気にしない。自分のものを食べられても、何時間いすわられても平気だ。ただ、子どもたちの様子をいつもこっそりうかがっている。

「ふうむ、参ったな。もうレーンを誘っちまったし」おれはよく考えてみた。「三人で部屋にいたとして、おまえが途中でお菓子を取りにいって、そのままもどってこないっていうのはどうだ？　たとえば一時間とか？」

「無理だ」

「三十分なら？」

「母さんにきかれたら、なんて答えればいいんだよ？　おまえたちがドアを閉めて部屋にいるってのに、おれがいつまでもキッチンをうろついてる理由は？」

「腹がへって仕方がないから？」

「ショーン、股じゃなくて頭でよく考えてみろ。うまくいきっこない」

論理的に考えれば、確かにベイリーの言う通りだ。だが、それでも結果的にはうまくいくとおれは信じていた。どうにかして、レーンとふたりきりになれる時間をつくってやる。

「じゃあ」すぐにはいい案が浮かばなかったが、おれは言った。「とりあえず予定通りに事を進めて、訪れるかもしれない機会をとにかく逃さないようにしよう」

「しよう？」

「いや、する。予定通り、レーンとおれは、おまえの家に宿題をしにいくことにする」

「なんだっていい。ただ、おれに期待はするな。母さんにもな」

「しない」

「それと、おまえ、さっきからしゃべり方が変だって気づいてるか？」

「いや」と言ったところで、何が変なのかに気づいた。いつのまにか言い回しがショーンと違っていたようだ。

このままじゃ、まずい。

「まあ、べつにいいけど」おれはあわててつけたした。

だがベイリーはもう、首をふりながらトレイを取っていた。

16

テーブルについたとき、おれのトレイにはハンバーガーと、小さな山になったフライドポテトがあったが、ケチャップの小袋は四つしかなかった。カウンターの奥にいたネットおばさんが、それ以上くれなかったんだ。

「おまえのケチャップ、もらえる?」

「やだ」

ベイリーの答えにため息が出たが、ため息をつくのもおもしろかった。

小袋をそっと破いて、ケチャップをポテトの上にしぼり出した。きょうはフォークがあったから、ショーンの母親がサラダをかき混ぜていたときのやり方をまねしてみようと思った。

ふたつ目の小袋を取ろうとして顔を上げたら、あの「苦痛の種まき人」の姿が見えた。列に並んで、食べ物をトレイにどんどんのせている。

リード・マガウアン。三番目の木だ。

考えるだけで気が重いが、リードのそばにはすぐにでも行くことができる。たった今こうしてあいつの目の前にいるんだし、せっせと罪を犯しているうちなら話し合えるチャンスがある。嘆き悲しむ哀れなリードの罪を、古くなって、固まって、動かしようがなくなったときに延々と再現しなくてすむんだ。

まだリードを見捨てるわけにはいかない。おれの中には小さな希望の火が灯っている。それも、かなり人間らしい希望だ。自分をいつも縛っていた規則から離れて、おれはせっかくここにいる。それに、自分でもがんばってみたいと思っている。

ベイリーがふり返って、おれの気にしているものを見た。そして、とたんに顔を前にもどした。

「おい、リードを見てるんじゃないだろうな」

「いや、リードを見てる」

ベイリーは自分の肩越しにもう一度ちらっとふり返った。

「あいつ、だれにも何もしてないじゃないか」

「前にしたし、これからもする」

「けど、今はしてないだろ。だから、あいつを見るのはやめろ」

やめられるもんか。残忍性と罪と不安と幼稚性のかたまりが、すぐそこに立ってるんだから。

リード・マガウアン。おれの未来。

「頼む」ベイリーはさっきより必死になって言った。「挑発するようなことはやめてくれ」

その声があんまり心配そうだったから、おれは少したためらって考えた。だがリードを地獄の奥深くから――せめて地獄の奥深くにあるおれの持ち場から、どうしても引き離してやりたかった。ただし、最終的にほかのやつの持ち場に行くことになったら、そのときはもう知ったこっちゃない。

「やってみないと。あいつと話さなきゃならない」

「本気じゃないんだろ。殺されるぞ」

「まさか。またなぐられるかもしれないが、死ぬまでぶたれたりはしないはずだ」

どのみちこの体はそんなに長くは使えない。地獄で永遠にリードといっしょにいなくてすむなら、歯が二、三本ぐらぐらするぐらい、どうってことはない。

おれは椅子を後ろに引いて立ち上がった。

「やめろ、ショーン。やめろってば」

「やらないと」

それだけ答えて、リードのもとへ向かった。

食堂を横切りながら、「ハエをつかまえるには酢よりハチミツ」ってことわざを思い出した。いったい人間は、つかまえたハエで何をしたいっていうんだろう。おそらく殺すんだろうし、それがたいていの人間のやることだって気がする。だったらこのことわざに、何かふつうの人間にとって教訓や戒めになることはあるんだろうか。

おれはリードを殺したいわけじゃない。変えたいんだ。ただ、それが不可能だってことはわかっていた。

どんな人間にも自由意思ってものがある。リードを変えられるのは、リード本人だけだ。

おれがやつにしてやれるのは、種を植えつけて、それが自力で育つのを期待することぐらいだろう。Kの字が小さすぎるのは残念だが、何もしないよりは確実にましだ。

リードは昼食代を払っているところだった。見ると、ケチャップじゃなくマヨネーズ、牛乳じゃなくアイスティーを取っていた。それ以外はほかの生徒と同じだ。ハンバーガー、フライドポテト、豆とニンジンの混ざったやつ。

「リード」おれは声をかけながら近づいていった。ネットおばさんがリードにお釣りをわたしていた。「ちょっといいかな?」

リードは顔を上げた。相手がおれだとわかると、目つきが険しくなった。

「きのうのことをあやまりたいんだ。あんなことを言ったら相手がどんな気持ちになるか考えてなかった」

リードはおれを見ているが、何も言わない。いったい何を考えているんだろう。

やがて目をそらすと、お釣りをゆっくりポケットに入れた。

「動いてちょうだい」ネットおばさんが言った。

リードはトレイを持ち上げ、食堂を横切りはじめた。

おれは急いで追いつき、リードのわきを歩きながら言った。

「心配なんだ。おまえの他人の扱い方をたまに見てると。今だって、他人がどう思うかなんて、べつに気にしてないんじゃないか?」

ばかげた言い草だ。他人をいやな気分にさせたって、リードが気にするわけがない。苦痛の種まき人がそんなことを気にするのは、あとになってからだ。ずっとずっとあとになってからってこともある。

おれは言い方を変えた。

「他人をひどいめにあわせると、自分にどうはね返ってくるか、気にならないか?」

それでもリードはおれを見ようとしない。それどころか、おれなんかいないってことにしているらしい。やつが声に出したのは、通路にたまっていた女子たちに向かって言った「どけよ」というとげとげしい言葉ぐらいだった。

「そんなふうに言われたら、だれもまともにつきあおうなんて思わない。嫌いになるだけだ。恐れるようになったとしても、それは狂犬に対して感じるような恐れにすぎない」

女子たちが席を見つけると、リードもまた歩きだした。今度はかなり急ぎ足だ。おれも仕方なく小走りでついていって、低い声で話しつづけた。

「友だちがいるから、自分は好かれていると思っているかもしれないが、若いやつの友情なんてまったく当てにならない。だいいち、おまえの『友だち』のほとんどは、いつ自分に矛先が向くかわからないと思っているはずだ。おまえの矛先がな」

その言葉の響きが気に入って、もう一度言った。

「そうだ、いつおまえの矛先が向くかわからない」

もうすぐリードのいつもの席だ。やつの仲間はもうすわっている。そのとき、とうとうリードが話しかけてきた。

「失せろ」

口の端から放つような言い方だった。

「わかった」

おれもまねをして口の端から言った。

「おれはとにかく、今言ったことを考えてほしかっただけだ。本当の友だちがほしいなら、信じて頼れるやつの行動を考えて、自分も同じように行動しているか確かめてみるといい」

やっとリードが止まって、おれも止まった。なんだか体が軽くなったような、うれしいような気がする。思っていることを口に出したら、ずっとかついでいた重荷がどうも取り払われたようだ。

リードはトレイを持ったまま立ちつくしている。上唇をかすかに曲げておれを見下ろしている。おれの言葉に感動したんだろうか。それとも、おれをまたなぐりたいと思っているのか？

気がつくと、おれは少し首を縮めていた。このやりとりがなぐる方向に進んだ場合に無意識にそなえていた。

「おまえ」リードはきっぱりした口調で言った。「カンペキにイカレてるな」それから仲間のところに行き、テーブルにトレイを置いてすわった。話し合い終了。

おれは息を止めていたことに気づいて、ふうっと吐き出した。

言うべきことはちゃんと言った。それに、リードはおれをなぐらなかった！　こうなったのは、大人に見られる場所にいたからだろう。

それでも、リードがちゃんと話を聞いてくれていたってことじゃないか？

なんにしても種は植えた。あとは根づくのを待つだけだ。

おれは背筋を伸ばして、ベイリーのところにもどった。

あとで静かになったとき、リードはおれの言ったことを思い返すかもしれない。本当に思い返したら、たどり着ける結論はひとつしかない。

さあ、次のKだ。

17

帰り道で思い出した。そういえば、きょうの午後はベイリーの家にジェイソンを連れていくんだった。

まあ、ジェイソンには家にいるように言えばいい。ただでさえレーンとふたりきりになれるか危ういところだ。これでジェイソンが来たら、確実に台無しになってしまう。どのみち、いっしょに遊ぶのが習慣になるほど、ずっとそばにいてやれるわけじゃない。「ショーンは死んだ」どころか「あっ」と言う間に、ジェイソンはひとりきりの毎日にもどるんだ。

リビングに行くと、ジェイソンがテレビの前のいつもの場所でコントローラーをにぎっていた。おれがあらわれても、顔を上げなかった。気づいていないのかと思ったら、いきなりしゃべりだした。

「遅かったじゃん」

ジェイソンはふり向きもせずに言った。

おれは飾り棚の上にある時計に目を向けた。ショーンはいつも三時半ごろに帰宅していたが、今は三時三十五分だ。

「ベイリーの家にまっすぐ行ったのかと思った」

ジェイソンにしては長いせりふだった。

このときが来るのを楽しみにしていたのか？

約束はなかったことにしようとすぐに言わなければと思った。

「ええと」それなのに、おれはべつのことを言った。「学校はどうだった？」

ジェイソンは何も答えなかった。五本の指が――というか主に親指が――コントローラーを動かしつづけている。おれはバックパックを肩にかついで立ったまま、ジェイソンが紫色のべたべたしたものを三匹のエイリアンに浴びせて倒していくのを見つめた。その三匹がいなくなると、次にジェイソンの兵士が角を曲がるのを待った。角の先にはエイリアンがもっといる。なかには鉤爪をもったやつもいて、獲物をこっぱみじんにしてしまう青いレーザー光線を放ってくるはずだ。

ところがそこで動きが止まり、四角い画面があらわれた。中に文字が書いてあって、「コンティニュー」「オプション」「メニュー」「終了」となっている。このなかのどれかを選べってことだ。

ジェイソンは選ばなかった。かわりに今度はふり向いて、おれをまっすぐに見つめた。

「なんで急にやさしくなったのさ?」

おれが? やさしい?

「べつにやさしくしてるつもりはないけど……礼儀正しくしているだけだ」

ジェイソンはおれをじっと見て、「ふうん」と言った。その声や姿勢や表情から向けられているのは……なんだ?

疑いだ。

「ぼくたち、お互いを嫌ってるじゃないか。そうだろう? なのに、礼儀正しくすることなんかないよ」

「おれはおまえを嫌ってない」

ジェイソンは一瞬おれを見つめた。それから変な音を――「はんっ」みたいな音を出した。口からというより鼻からだったため、鼻息なのか言葉なのかよくわからなかった。そしてまたエイリアンをやっつけはじめた。

おれは早くショーンの部屋にバックパックを置いて、レーンに会いにベイリーの家に行かなきゃならなかった。なのにそこにつっ立ったまま、ジェイソンの背中を見て考えていた。ショーンが本当にジェイソンを嫌っていたとは思えない。ショーンはただいらいらして、ついジェイソンにつらく当たっていただけだろう。

一方ジェイソンは、本当にショーンを嫌いになりかけているようだ。思い返してみると、最初はこんなふうじゃなかった。もともとはジェイソンのほうがショーンにつきまとっていたはずだ。

なんでつきまとっていたんだろう？

たいくつだった？

あこがれていた？

注意を引きたかった？

三つとも？

ジェイソンの背中を見ていたら――実際ショーンもこいつの背中ばっかり見ていたんだろうな――急に疲れてしまった。おれは自分の仕事を通して、結局ちゃんとわかり合えないまま離れてしまった兄弟姉妹を数え切れないほど見てきた。おれのところに来たときには、後悔をどうにかしようったって、もうてんで遅すぎる。

だがまあ、おれはジェイソンの兄弟じゃない。これはおれの問題じゃないし、おれには解決できない。

しかし……。

「おれはおまえを嫌ってないよ、ジェイソン」

おれはもう一度言った。

ジェイソンはまた鼻を鳴らして答えた。

「けど、きょうも誘ったのは、べつにぼくが好きだからじゃないだろ」

画面からは目を離していない。断固とした口調だ。

なのに最後の言葉が宙に浮いて、質問しているように聞こえるのはなぜだろう？

浮いていた言葉は、すぐに落ちてきておれを取り囲み、思いがけない罠になった。おれがジェイソンを誘ったのは、ジェイソンが好きだからだ。もし今ジェイソンに家にいろと言ってしまったら、おれの行動がジェイソンの疑問を裏づけることになる。

おれは背中を向けてショーンの部屋に逃げた。バックパックを投げ捨てると、ドアを閉めてそこに寄りかかった。

自分の中に妙な感情がわいてきて、相反する衝動が生まれた。これは葛藤か？　おれにはよくわからなかった。おれはやりたいことをなんでもやれる。ジェイソンを連れていくかどうかも、まちがいなく自分で決められる。だれにも強制されることはない。

それでもその感情は渦巻いていた。落ち着かせるには、はけ口みたいなものが必要だ。

悪態をつこうと決めた。そうだ、ジェイソンは連れていくが、その前にまず悪態をついてやる。それでこの体から葛藤を吐き出すんだ。

だが、おれの知っている言葉じゃ、どれも満足させてくれそうになかった。アメリカで使われている悪態のほとんどは、めずらしくもなんともない体の機能に関係している。いったいなんでそんな言葉をひどいと感じるんだろう。少なくともおれには、とくに何かを満たしてくれるとは思えない。よく使われていて確かに悪態だと思えるのは、「じ」ではじまって「く」で終わる三文字の言葉だけだが、それを使いたいという気持ちはさらさらなかった。人間だって、その言葉の意味するものが本当はなんなのかを知れば、だれも口に出したりしなくなるだろう。

「ふんっ！　ちくしょう！　ったく！　ちぇっ！　なんだよ！」

「なんだよ！」がかなりいい感じだったから、それをつづけて言った。

「なんだよ！　なんだよ！　なんだよ！」

言うたびに太ももをこぶしでたたいた。大声は出さなかったし、出す必要もなかった。悪態をつく楽しみは、声の大きさじゃなく、その勢いにあるようだ。

しばらくすると、ほんとにちょっと気分がよくなった。少なくとも気はまぎれた。

体を起こして、ジェイソン風に髪をかき上げ、深く息を吸って吐き出した。この期に及んでも、計画がうまくいくかもしれないという期待がしつこくいすわっていた。まず見込みはないが、まだかすかな可能性はある。

希望は人間の胸にかぎりなくわいてくるというが、これがその希望なんだろうか？

おれはリビングにもどった。

「で、行くんだろ？」

愛想よくジェイソンに言った。

18

「おじゃまします、おばさん」

おれは、玄関に出てきたベイリーの母親に言った。情けないほどごくわずかしか残っていないチャンスを使って、きょう、愛しいレーンと結合できるかどうかは、このちょっと太りすぎの、ちょっと片づけが苦手な主婦にかかっている。ベイリーの前にすでに三人の息子を育て上げ、あいにくバカではない、このミセス・ダーネルに。

「こんにちは、ジェイソン」ミセス・ダーネルは開けたドアを押さえ、おれたちを中に通した。「いらっしゃいませ、ショーン。で、どうしてそんなにかしこまってしゃべってるの？　それと、やけににこやかなのはどうして？」

「きょうも生きていてよかったと思って」

「確かにそうね」ミセス・ダーネルは少しのためらいもなくうなずいた。

ベイリーがのろのろリビングをつっきってきて、「よう」とおれたちに言った。「そうだ、母さん、ショーンがちょっと勉強したいみたいなんだ。父さんの書斎を使わせてやってもいいかな？」

ああ、ベイリーに神の祝福を。どうやら、なんとかおれに愛の巣を提供しようと、最後のねばりを見せてくれているらしい。

「ショーンが勉強したい？」ミセス・ダーネルはベイリーの言葉を尻上がりに繰り返した。そしておれを上から下までじろじろながめた。「じゃあ、教科書は持ってこなくてよかったの？」

しまった。

「それに、どうしてあなたの部屋じゃだめなの？」

「おれの部屋はジェイソンとゲームをするのに使うんだ」

「だったら、キッチンのカウンターを使っていいわよ。父さんが書斎に子どもを入れたがらないの、知ってるでしょ」

キッチンのカウンターじゃ、心と体の結合なんてできそうにない。そもそもキッチンはほかの三つの部屋とつながっている。

後ろのほうで玄関のベルが鳴った。「出ろよ」とベイリーがおれに言ったが、そのときはもうミセス・ダーネルがドアを開けていた。

「えっと、こんにちは」軽やかで音楽のようなレーンの声が聞こえる。「勉強しにきたんですが……。ショーンと……」

「ああ、どうぞ。入って」ミセス・ダーネルはまったくうろたえずに言った。

レーンが教科書とフォルダーを胸にかかえて入ってくると、おれはにっこり笑いかけた。

ミセス・ダーネルはベイリーを見ると、顔の向きを変えて、今度はおれをじっと見た。おれがこの母親の気持ちを読むより、この母親がおれの気持ちを読むほうがずっと簡単に決まっている。ミセス・ダーネルは「なるほどね」と言ったが、何がなるほどなのかまったく不明だったし、その声の調子の意味もおれにはわからなかった。そのあとミセス・ダーネルはこうつけたした。

「レーン、ショーンといっしょにキッチンで勉強してちょうだい。そこならいろいろ広げられるから」

なにやら楽しげだったが、きっぱりした口調だった。

おれはベイリーに目を向けた。友よ、よくぞねばってくれた。だが、負けを認めるときが来たようだ。

「わかりました」おれはそう言って、いさぎよくあきらめた。

がっかりしたが、耐えられないってほどじゃなかった。レーンが目の前にいるだけで、体中の感覚がしびれてくるようだ。

ミセス・ダーネルはキッチンに向かった。レーンはその後ろから、おれはそのまた後ろからついていった。不思議なことに、こうしてレーンのそばにいるだけで、なんだかふわふわした気持ちになる。

背の高い椅子にふたりでのぼっていると、ミセス・ダーネルが戸棚を開けて中を探りはじめた。

「ショーンはチートスが好きなのよね。ほかにプレッツェルと、ニンジンスティックと、チョコパイもあるわよ。レーンはどれがいい？」

「わたしは何もいらないです。ありがとうございます」レーンは教科書とフォルダーをカウンターの上に出して、「幾何の勉強の用意はしてこなかったの？」ときいた。

「忘れた」おれがそう答えると、ミセス・ダーネルはまたおれを見ながら、カウンターに置いたチートスを押してよこした。

「取りにもどったほうがいい？」レーンが言った。

「ぜんぜん」

「レーン、コークとペプシ、どっちがいい？」ミセス・ダーネルがきいた。

「いえ、のどはかわいていないので」

「ショーンは？」

「ペプシ」コークはきのうの夜にもう飲んでいる。

ミセス・ダーネルは冷蔵庫にあった青い缶をおれにわたすと、キッチンから出ていった。おれは缶を開けず、チートスも食べなかった。かわりに片手で頬杖をついて、レーンが幾何のフォルダーを開けるのを見ていた。レーンはフォルダーのポケットにはさんでいた鉛筆を取り出した。

「何からはじめたいか、とくに希望はある？」

レーンの後ろにある出入り口からミセス・ダーネルの姿が見えた。キッチンのとなりにある小さな洗濯室にいる。かごから服を出して、大きな白い洗濯機に入れている。

こんなに近くにすわっていると、寄りそってレーンの耳をかじるのも簡単そうだ。おれは「うーん」と言いながら、また髪にさわったらびっくりされるんだろうかと考えた。「君が選んで」

レーンはその答えにちょっと困ったのか、とにかく少しまゆをひそめた。レーンの瞳にはいろんな茶色が混ざっていた。瞳孔のまわりは色が薄く、虹彩のふちは濃くなっている。

レーンは肩をすくめて教科書をめくりはじめた。

「じゃあ、わからないところは？」

「ぜんぶ」おれは時間が稼げると思ってそう答え、息を吸いながらレーンに体を寄せた。うん、あの匂いがする。かすかな、とてもいい匂いだ。

「だったら、ちょっと前にもどったほうがよさそうね」レーンは真剣な顔をして、ページをめくりつづけた。手がすごくきれいで、どの指先にも丸い爪があって、ピンクの爪の根もとに白い三日月のようなものがついている。「三角形は大丈夫だった？」

「三角形か」酔っぱらうとこんなふうになるんだろうか。レーンの肌が何よりもやわらかそうに見える。指先で触れてみたい。顔や首をなでて、腹や太ももに手をはわせたい。へそも見てみたい。おれが見たことのあるへそは、今のところショーンのだけだ。

「三角形の種類はわかってるわよね？　二等辺三角形とか、正三角形とか」

「うん」

「じゃあ、そうね、三平方の定理は？　ちゃんと理解できた？」

レーンはおれのほうを向いた。

自分が内側から溶けているような気がした。「説明して」と答えたが、息を声に変えるのが難しくなっていた。かすみがかかったみたいに、言葉の意味が急にぼんやりしてきたからだ。

レーンはさらにページをめくって、ちょうどいい例を見つけた。「ここが直角でしょ?」と指さしながら言った。「ここから斜めに伸びている辺が、直角三角形の斜辺」

レーンがしゃべっているあいだ、おれはレーンの唇が音をつくりながら動くのを見ていた。音は何百とあったが、どれも次から次へすらすら移っていて、どこが終わりでどこがはじまりなのかがわからなかった。たまに舌や歯がちらっと見えるのを待ちながら、あれがおれの体をなめたりかんだりしたらどんな感じがするんだろうと考えた。

レーンの説明が止まった。「寒いの?」

「いや」

「今、身ぶるいしなかった?」

「いや」おれは嘘をついた。

「公式は覚えてる?」

「どの?」

レーンはページの一部を手で隠した。「三平方の定理の」

「$a^2 + b^2 = c^2$」

「当たり。じゃあ、その公式の意味は?」

「直角三角形の斜辺の二乗は、ほかの二辺の二乗の和に等しい」

「わあ、覚えが早いわね」

「君の教え方がいいからだよ」

そう言ったら喜ぶだろうと思った。ところがレーンはとたんにまゆをひそめてカウンターに目をふせた。そして、少し考えこんでから口を開いた。

「ショーン、ほんとは幾何を教わる必要なんてないんでしょ」

「うん」

「じゃあ、どうして頼んだの？」

「君といっしょにいたかったから」

レーンはまた少しまゆをひそめて、教科書のページの端をいじった。

「どういう意味？　いっしょにいたかったって」

「君のそばにいたかったってこと」

レーンはまた考えこんで――いや、注意深くだまりこんで、それからこう言った。

「つまり、冗談だと思えばいいってこと？」

「違うよ」

レーンはなぜか目をそらしている。おれはレーンをいやな気持ちにさせたくない。喜ばせてやりたい。だから、日記に書いてあった第一段階の言葉を言った。

「君は最高にきれいだよ」

レーンはさっと顔を上げた。が、何かがおかしい。

なんだか……むっとしてる?

「やっぱり、からかってるのね」レーンは冷ややかな声で言った。

「まさか、そんな」

「自分がきれいじゃないことぐらい、わかってるわ」

「君はきれいだよ」

「きれいじゃない」

「きれいだってば」

なんで信じてくれないんだろう? 自分できれいじゃないと思っているから? そのこととおれの意見になんの関係がある? 現実とどんな関わりがあるんだ?

「おばさん」おれは、もどってきたベイリーの母親に声をかけた。ミセス・ダーネルは、たたんだ服を丸いプラスチックのかごに入れて、それをわきにバランスよくかかえていた。「レーンはきれいですよね?」

ミセス・ダーネルは立ち止まってレーンを上から下まで見ると、「ええ」ときっぱり言った。「とても魅力的よ。とくに髪と目が」そして、かごをもう一方のわきにかかえ直した。「勉強は終わったの? だったら、ショーン、このかごをベイリーのところに持っていってくれない？」

「わたし、帰るわ」レーンは教科書を閉じて立ち上がった。

「だめ！　行かないで。お願い」

「もうお勉強は終わったでしょ、ショーン」

「だからって帰らなくても！」部屋の空気が一気になくなったみたいだ。

ミセス・ダーネルはこのやりとりをただ見ていた。と思ったら、急に口をはさんだ。

「そんなに急いで帰ることないわ、レーン。ベイリーとジェイソンが何をしているか、ショーンといっしょに見にいってみたら？」

「それがいい！」おれは必死になって誘った。「そうだ、いっしょにテクトニック・ウォーリアーズ2をやりにいこう！」

ミセス・ダーネルは片方のまゆをつり上げたが、何も言わなかった。

「それ何？」レーンがきいた。

「テレビゲームよ」ミセス・ダーネルが答えた。

「やり方がわからないわ。テレビゲームって、どれもまともにやったことがないから」

「じゃあ、今がいいチャンスかもよ。ベテランが三人も助けてくれるんだから」

ミセス・ダーネルは軽い調子で言いながら、おれに洗濯かごをわたした。

おれは思わずミセス・ダーネルを見た。この母親は何が起きているのかちゃんとわかっている。それどころか、今はおれの味方になってくれている！　体の結合を試すことは許してくれなかったが、おれの恋は大喜びで応援してくれるようだ。

「お願い」

おれは、明らかに迷っているレーンに頼んだ。レーンは、せっかく夢がかなってショーンとうまくいきそうだっていうのに、なんであっさり受け入れないんだろう？

おれは、受け入れると思いこんでいた。すぐに応じるだろうと考えていたが、まちがっていた。レーンの気持ちがゆれ動いているあいだ、待つことしかできなかった。

「じゃあ、ちょっとだけなら」

「よかった！」おれは椅子を押しやって立ち上がった。「行こう！」

レーンは椅子からのろのろすべりおりたが、ちらっとはにかんだような目を向けてきた。まだ少しは見込みありってことだろうか。

「ありがとう」

ミセス・ダーネルの前を通り過ぎるとき、おれは口の動きだけでそう言った。

「ドアは開けっぱなしにしておくのよ、ショーン」

ミセス・ダーネルはそれだけ答えた。

自分で言っていた通り、レーンはテレビゲームがあまり得意じゃなかった。ただ、そのことをわかっていたから、失敗してもキャーキャーさわいだり、くすくす笑ったりしなかった。自分の下手さを真剣に受け止め、恥ずかしがっていた。おれはベイリーのベッドの端に腰かけ、レーンをそばから見ていた。レーンが裸でとなりに寝そべってくれていればもっとよかったが、それでなくても――しっかり服を着ていても、レーンを見ているのは楽しかった。レーンは、果敢にエイリアンに向かっていったのにまったく倒せず、今ではおなじみになったピンク色に顔を染めた。兵士がぐるぐるまわって、自分の足もとを撃ちまくってしまったときには、とくにそうだった。

ジェイソンはレーンのとなりでにやにや笑っていた。だがレーンに顔を向けられると、さっと真顔になって、まじめな声で言った。

「気にすることないよ。すぐにコツをつかめるから」

これこそ、ほとんどのやつが気づいていないジェイソンだ。他人の気持ちを傷つけないようにしている。おれのハニーにもやさしくしてくれているんだ。おれは愛情のこもった目をジェイソンの背中に向けた。

レーンはとうとうコントローラーを下げた。「下手すぎね」

「練習画面からやったほうがいいかも」ジェイソンが言った。

「こっちに来てすわったほうがいいかも」おれはベッドをぽんぽんたたいた。

「ベイリー、あの本、みんなあなたの？」レーンは立ち上がった。

「ああ」ベイリーはゲームをやっていなかったが、パソコンデスクから椅子を引き出してそれにすわり、ジェイソンとレーンがやるのを見ていた。いや、レーンを見ていたのかもしれない。今のベイリーの表情は、きのう食堂にいたときと同じで、おれがレーンとセックスするつもりでいることに気づいたときの顔になっていた。

レーンは、おれがきのう見たのと同じ棚の前に行った。あちこちに置かれているものには目もくれずに、前かがみになって本の題名を見た。

「『荒廃の物体』が好きなの？」ふり返らないままベイリーにきいた。

「ああ」ベイリーはいつもと変わらないのんびりした調子で答えた。「まあ、『タンスカイ』ほどじゃないけど、けっこういいよ」

レーンは背筋を伸ばしてふり返った。「『タンスカイ』？　アニメのほうも見てる？」

「うん」

「アニメとマンガ、どっちが好き？」

「アニメ。レーンも見てるの？」

「ええ。わたしはマンガのほうが好きだけど。アニメは検閲がひどいでしょ。それに、英語でしゃべってる声が、なんだかカリフォルニアのサーファーみたいで」

「けど、ナカムラ役の声は好きだな。ナカムラもかっこいいし」

「確かに。それにときどき、せりふがおもしろいわよね。ナカムラがロンを打ち首にする回は見た？　あのとき、『扁桃腺に風を感じる覚悟をしろよ、兄弟』って言うでしょ」

「おれはナカムラがあのふたりの将軍と戦う回が好きだったな。『あいにくだが、おまえの腸はまもなく腹腔《ふくこう》の外でしぼむことになる』って言うやつ」

「好きな登場人物はだれ？」

「コハヌかミナかな」

「どうして？」

「うーん」ベイリーは両脚を前に伸ばした。「コハヌはまぬけな感じが好きなんだ。ミナはかっこよく戦うから」

「わたしはドクターがいいな。謎めいていて、クールで、秘密の過去をもった悪いやつが好きだから」

ベイリーは、賛同なのか理解なのか、とにかくうなずいた。あとは何も言わなかったが、レーンが本に向き直ったあともレーンを見つづけていた。マンガに出てくる胸の大きい強気な女の子が色あせて見えてきたんだろう。なんたって、趣味を共有できる生身の人間のレーン・ヘネバーガーが、今こうして自分の部屋にいるんだから。

おれはなんだか気取りたくなった。どうだ、かわいいだろう？　おれの女だぜ！

「借りたいものがあったら言いなよ」ベイリーがレーンに声をかけた。

おれの知るかぎり、今までベイリーがだれかに本を貸そうとしたことはない。ひたすら大事に保管していただけだ。

レーンはベイリーを肩越しにちらっとふり返った。

「じつは、『死人の反乱』シリーズを読ませてもらえないかなって、ちょうど思ってたところだったの」

「どうぞ。じゃあ、二、三冊持っていけば？」

「それか、今読んでいったら？」おれはすすめた。「ここに寝そべって読んでいいよ」

「それはできないわ。五時までに帰らなきゃいけないから」

「最初の何冊か持っていきなよ」ベイリーが言った。

「ほんとにいいの？」

「ああ。読み終わったらいつでも返しにきてくれていいし、また借りてってもいいよ」

「うれしい！　ありがとう」レーンは喜んで本を三冊抜き出した。「さあ、急いで帰らなきゃ」

「送っていくよ」おれはすかさず申し出て、ベッドからぱっと立ち上がった。外に出ればふたりきりになれるし、もしかしたら手をつなぐぐらいはできるかもしれない。

実際つなぐことができて、今までで最高の経験になった。坂をのぼっているとき、おれは手を伸ばしてレーンの左手をつかんだ。あったかくて、ちょっと湿っぽい。もっと具体的に言うと、この世での最初の夜にパンにはさんだソーセージを、もっと大きくして、ふくらませて、しなやかにしたみたいな感じだ。

ショーンの母親の手のときと同じで、このふれあいも、ただ物理的にさわるというだけのものじゃなかった。レーンはやわらかい手でおれの手をそっとにぎり返してきた。

ああ、なんて楽しいんだ。

ふたりで歩きながら、おれは風になびくレーンの髪や、一歩進むたびに少しだけゆれる胸を見ていた。

最初はふたりともだまっていたが、坂をのぼっているうちにレーンが言った。

「やっぱりどこか違うわね」

おれはあいているほうの手で頬をさわってみたが、笑ってはいなかった。

「目がおかしいみたい」レーンはそう言ってから、あわててつけたした。「おかしいって、笑っちゃうって意味じゃなくて、違うってことよ。どんなふうにかっていうと……よくわからないんだけど」

「きらきらしてる？」

おれは前に鏡でショーンの目をじっくり見ていた。自分では魅力的な目だと思ったが、どんなふうだったかといえば……単にうるんでいた。

「なんだか……なんだか、目の奥にいろんなものがある気がするの。経験とか」レーンは、正しい言葉を探しているせいか、ゆっくりしゃべった。「幸せとか。それと、悲しみ。たくさんの悲しみも」

ただのうるんだ目からそれをぜんぶ読み取るなんて。

「レーン・ヘネバーガー、君は本当に鋭いね」

ふたりで玄関に上がって、ドアの前で止まった。レーンは、つないでいる手をほどかないまま、おれのほうを向いた。

「楽しかったわ」

「おれも」

中に入るんだろうと思ったが、何かを待っているかのようにその場に立っていた。

ショーンの笑顔をまた見たいのかと思ったから、おれは見せてやった。

「ほんとに送ってくれてありがとう」

「どういたしまして」

沈黙。

「じゃあ」レーンはさらに間をおいてから言った。「もう入ったほうがいいかな」

「そうしなきゃだめなら」

「だめ……よね」やっとおれの手を放し、ドアノブをつかんだ。「じゃあ、またあしたね」

「またあした」おれはそう約束しながら、本当にあしたが来ることを願った。

「さよなら」レーンは家の中に入っていった。きれいで、大好きなレーン。

おれはなんだかうきうきした気持ちで坂をもどっていった。きょうはぜんぜん期待通りにいかなかったが、それでもどういうわけか、たいしてがっかりしてはいなかった。きっとこう思っているからだ。レーンのすべてを経験するチャンスはまだある。

おれは自分に言い聞かせた。あと一日。必要なのは、とにかくあと一日だ。

19

ベイリーの家にもどると、ジェイソンは休憩中のようだった。テレビの前にすわってはいたが、レーンとおれがやっていたように部屋の中を見まわしていた。ベイリーはパソコンをつけて、ポーカーのオンラインゲームをしていた。

おれはまたベッドに腰かけ、ひざの上で頬杖をついて目のことを考えた。目を見るだけでぴんとくる人間がたまにいるが、その勘の鋭さには本当におどろかされる。

ブロロン！　パソコンに小さな画面があらわれて、おれはびくっとした。

体を起こして身構えながら、ベイリーが画面の中の文字を読むのを見つめた。まさかあいつら、ここでまでおれに接触しようとするんじゃないだろうな？

どうやらメッセージに変わったところはなかったらしく、ベイリーは平然と返事を打ちはじめた。

おれは身ぶるいして、顔をそむけた。

「あれは弾いてるの？」ジェイソンがベイリーのギターを見ながらきいた。

ベイリーはちらっと目を向けて、ジェイソンがなんのことを言っているのか確かめると、「まあね」とうわの空で答えた。エンターキーを押して返事を送り、それからポーカーのゲームにもどった。

小さな画面はもうあらわれない。

おれはそのときになってやっと、ジェイソンが自分から話題を持ち出したことに気づいた。ジェイソンに注意を向けると、とにかくギターがジェイソンの興味を引いたとわかった。ジェイソンは赤と白のくびれた曲線に見入っている。おれから見ても、確かに魅力的な形だ。

「弾きたかったら、弾いていいぞ」ベイリーがジェイソンに言った。

ジェイソンはギターからベイリーに目を移し、またギターにもどした。

「ほんと？」

「ああ。ただ、ていねいに扱えよ」

少しためらったあと、ジェイソンはスタンドからそっとギターを外した。すわり直してひざの上にギターをかかえ、弦を何本かこわごわはじいた。ビーンというくぐもった音がした。

「もっと弾けよ。アンプをつけて」ベイリーが言った。

ジェイソンは身を乗り出して、アンプに並んだつまみを見た。ＯＮと書いてあるつまみをやっとまわすと、一本の指をいくつかの弦の上においた。そして一拍おいてから、すばやくかき鳴らした。

ジャーン！

「ごめん、ごめん」ジェイソンは音を止めようと、あわてて弦を押さえた。

「ボリュームを下げればいい」ベイリーはふり向きもせずに言った。

ジェイソンはおずおずとおれを見たあと、アンプのつまみをいじりはじめた。それからまた何度か弦をかき鳴らしたが、音が小さすぎて、おれにはほとんど聞き取れなかった。

こんなのは音楽じゃないし、前に聞いたショーンのＣＤの曲とも違っていたが、不快には感じなかった。音がおさまるべきところにどうもおさまっていなかったが、おれは気に入った。その音がジェイソンにぴったりだったからだ。結局のところ音を出しているのはジェイソンで、このノイズもジェイソンだけが出せるものだった。だからこそ、きれいな和音の連なりとは違う形で引きつけられるんだろう。

おれは、そっと鳴らされる音を聞きながら、恐ろしいパソコンと、いつあらわれるかわからない小さな画面から、懸命に目をそむけていた。

「ぼくもこんなの持ってたらな」

ジェイソンがかすかに敬意のこもった声で言った。礼拝所にふさわしいと思えるような敬意だったが、それが向けられている相手は明らかにギターだった。ジェイソンの指が巻きついているギターのネックが、やけに自然な形に思える。

「ショーンのを借りれば？」ベイリーが言った。

「無理だよ」

「なんで？」

「貸してくれないから」

それは本当だ。ショーンはいつもジェイソンをギターに近寄らせないようにしていた。自分でももう二年もさわっていなかったが、また弾きたくなったときのために、大事に取っておきたかったんだろう。なにしろジェイソンには、なんでも壊す癖がある。

しかしおれにしてみたら、ギターなんかぶっ壊れたって、ぜんぜんかまわない。

「いいから使えよ。べつに気にしないから」おれは言った。

ジェイソンは何も答えず、そんなことはたいした問題じゃないとでもいうように、またギターを弾きはじめた。

だが、あとになって家に帰るとき、ジェイソンはいかにもあせっている感じでせかせか歩いた。どういうことなのかよくわからなかったが、やつの脚があんまり速く動くから、おれも急いでついていかなきゃならなかった。

そのうち、つる草に覆われた大きな煙突のある家の前を通りかかって、ジェイソンと共通点の多いあの八年生が住んでいるところだと思い出した。

これはジェイソンに印を残すいいチャンスだ。

「あそこに家があるだろ?」

ジェイソンは横目で家を見た。「うん」

「あの家に、おまえと社会科のクラスがいっしょのやつが住んでいるんだ。カーソンっていう赤毛のやつだ」

「ああ、あいつか」

「そうだ。おまえ、あそこにちょっと寄って、カーソンをうちに誘え」

「えっ?」

「今すぐ」おれは後押しするように言った。「玄関のベルを鳴らして、うちでいっしょにテレビゲームをやらないかって誘うんだ」

「やだよ」

「おまえたちは、いろいろ同じものに興味をもっている。きっと友だちになれる」

ジェイソンは早足のままその家をじろじろ見た。何を考えているのか、おれにはまったくわからなかった。

「あいつなんか、べつに知り合いじゃないし」

「玄関のベルを鳴らしにいけば、知り合いになれる」

「いやだってば。いいかげんにしてよ」

ジェイソンは強い口調で言った。だが足を激しく踏み鳴らしながら、大股でゆっくり歩きはじめた。ひょっとして、友だちをつくることになんとか前向きになろうとしているんだろうか。ジェイソンみたいなやつにしてみたら、簡単なことじゃないはずだ。

ところが次のジェイソンの言葉は、友情とまったく関係がなかった。

「あのさ」ジェイソンは怒っているような声で言った。「ほんとにギターを使わせてくれるの？　もし単にからかってるんだったら、今に……今に……とにかく、からかわないほうが身のためだよ」

「からかってなんかいない。ギターはほんとに使っていいよ」

「ギターについてきたコードブックとかもあったよね？」

「今はない」その本ならショーンが捨ててしまった。何かわからない液体がこぼれて、ずっとそのままになっていたせいで、ベッドの下にあるのを見つけたときには、ごわごわになっていたんだ。

「なんだ」返事はひとことだったが、今度は考えていることがわかった。ジェイソンの声は、がっかりしてぶっきらぼうになっていた。

おれはギターを弾いたことがないが、頭ではコードの押さえ方をいろいろ知っている。だがそれを言うなら、キーボードの打ち方だって頭ではわかっている。実際にやるのとは、残念ながら、ぜんぜん違うんだ。

だから、教えてやると言ったりはしなかった。

今夜の夕食は、それまでと違って、なんだかぞっとさせられるものだった。母親がローストチキンをテーブルに出したとたん、おれはそう思った。チキンはぎらぎら光って、そこにうずくまっている。ホットドッグやクォーターパウンダーと違って、前は生きていたってことがはっきりわかる。筋肉だってまだついている。母親がジェイソンの分にと鶏の脚を引っ張って切り離すと、骨が汁をしたたらせながら関節でぐるっとまわった。

おれは見入るほど引きつけられたが、不快にも思っていた。チキンは今にも立ち上がって歩きだしそうだ。

「ショーン、胸ともも、どっちがいい？」母親がナイフを浮かせたままきいた。

ローストされているのがピーナッツだったら、母親は絶叫するだろうな、とおれは思った。「いつもどこを食べてたっけ？」そうききながら、気持ち悪いなんて思っちゃだめだと自分に言い聞かせた。ショーンならそうは思わなかったはずだ。

「え？」

「いや、胸」おれは思い出して言った。「胸肉をもらうよ。ただ……ちょっとにして」

母親は小さくスライスしたものを何枚かよこして、それから自分の分を取った。母親とジェイソンはすぐにかぶりついたが、おれは食べてみるべきかどうか決めかねて、自分の皿にのったチキンをつついた。

そして、まずはクリームコーンを試した。うん、これはうまい。

「母さん、ぼく、ギターのレッスンを受けてもいい？」ジェイソンが言った。

「ギターのレッスン？」母親のフォークが口の手前で止まった。「さあ、どうかしら。どうして急にやりたくなったの？」

ジェイソンはめずらしく肩をすくめなかった。皿からしっかり目を上げて、母親の顔を見ながら答えた。

「ただおもしろそうだと思ったから」

「おもしろそうだって、いきなり思ったの？」フォークはまだ宙に浮いている。

「きょう、ベイリーのギターを弾かせてもらったんだよ」おれは母親に教えた。

「そう」母親はまた食べはじめた。「でもジェイソン、あなた、ギターを持ってないでしょ。レッスンを受けるなら、家でも練習しないと――」

「ショーンが貸してくれるって」

「ショーンが？　まあ、まだ持ってたのね。貸してくれるなんて、やさしいじゃない」

「だから、受けていい？」

「よく考えないといけないわね、ジェイソン。いくらかかるかもわからないし。それに最近、車を運転していると変な音がするの。まずはそっちを見てもらわないと」

おれはクリームコーンを食べ終えた。小さくスライスしたチキンはまだ皿の上にある。何か害があるようにはぜんぜん見えないが、目の前にあるのはばらばらに切断された死体だ。ぼろぼろになって骨にぶら下がっている焼かれた筋肉だ。

おれはサヤインゲンをつついて、今度はそっちを試した。

「ごちそうさま」ジェイソンは皿を押しのけた。「ショーン、今、ギターを借りていい？」

「いいよ」サヤインゲンはなんだか金属っぽい味だなと思った。今のところ気に入ったとまでは言えない。にもかかわらず、おれはつついて食べつづけた。

「ジェイソン、弾き終わったら、ちゃんともとにもどしておくのよ」

「わかったよ」

「それと、ていねいに扱ってね。あと、気前よく貸してくれるお兄ちゃんにお礼は？」

母親がそう言ったときには、もう遅かった。ジェイソンは廊下をだいぶ進んでいた。

おれはサヤインゲンも食べ終えた。そのとたん、いい考えが浮かんだ。

「ベイリーにお金を払ってレッスンしてもらえばいいよ。あいつなら安くやってくれる。いつも小遣い稼ぎをしたがってるし」

「それか、あなたが覚えてることを教えてくれてもいいわよね」

「コードなんてみんな忘れたよ」おれは嘘をついた。「けど、ベイリーは今も弾いてる」

クリームコーンもサヤインゲンも平らげた今、あらためてチキンに目を向けた。

おまえはショーンってことになってるんだ。ほら、試してみろ。

小さなチキンにフォークの歯をすべりこませて持ち上げた。白くて筋っぽい肉が目の前まで来ている。

それを口に押しこんでかみはじめた。ふうむ、そんなにまずくない。

「兄弟で仲よくしてくれて、本当にうれしいわ」

じっくり見たり深く考えたりしなければ、けっこううまい。

「兄さんとわたしは結局親しくなれなかった。それが心残りで」

おれは最初にかんだ分を飲みこんだ。

テーブルの真ん中に置いてある殺された死体からは慎重に目をそむけていた。自分の皿に集中しながらチキンをまた小さく切った。「今から親しくなったら?」

母親は首をふった。「兄さんとは生き方が違いすぎるのよ」

おれは言われたことを考えてみた。母親の兄、つまりショーンのおじは、結婚していて、ふたりの娘がいる。住んでいる場所はとなり町だ。「連絡するなら今のうちだよ」

おれはふたつ目のチキンを食べた。

「電話のコマーシャルみたいなことを言うのね。まあ、とにかく、あなたたちに迷惑がかかるようなことはないわ。クリスマスには、いとこに会えるし」

「おれが心配してるのは、いとこじゃない。母さんだ」

「わたしなら大丈夫」母親はきっぱり言った。「小言を聞くのは一年に一回でたくさんよ」

「小言?」

「そう、小言。『夫婦円満の秘訣は、お互い相手に百パーセント与えることだ』っていうやつ。わたしにはそれができなかったんだって暗に言ってるのよ。わたしはだめな女だって。それと、自分のやっていることはすべて完璧だってね。ああ、考えるだけでしゃくにさわるわ」

母親の言いたいことはわかった。おれはそれについて考えながら、皿に残っているチキンをじっくり見て、もう少し食べてみるべきか悩んだ。

「自分のつかんだ幸運は自分のかしこい選択が招いたものだって、人間はよく考えたがるものなんだ。本当にその通りのこともあるけど、たいていは偶然の成り行きにすぎない」

「どういうこと？」

「自分で悪いことが起きないようにすることができるって、もしその兄さん——いや、マークおじさんが信じたがっているなら、妹に悪いことが起きたのは妹の努力が足りなかったせいだって思いこむしかないってことさ」

きょうはもうチキンはいいことにした。見た目さえ違っていたら、きっと楽しんで食べられたのに。

顔を上げると、母親が変な顔でおれを見つめていた。

「すごいじゃない。そんなこと、どこで覚えてきたの？」

ショーンらしくしゃべるのをまた忘れてしまったようだ。おれは答えずに、ショーンっぽく肩をすくめた。

「ともあれ、あなたの言う通りね。だから兄さんのそばにいると居心地が悪いんだわ。今までそんなふうに考えたことなかった」

母親はそう言ってだまりこんだ。深く考えているようだ。

「席を立っていい？」おれはきいた。

母親はうなずいて、こっちを見た。おれは自分の皿を持ち上げて、その上にジェイソンの皿を重ねた。ジェイソンが使ったフォークにも手を伸ばしたとき、母親が言った。

「そういえば朝食のお皿も食洗機に入れてくれてたわね。いったいだれがわたしの息子を盗んで、天使と入れ替えたのかしら」

おれはフォークの上で手を止め、母親を見た。

「いやだ、そんなにおどろいた顔しないで。深い意味はないんだから」母親はあわててつけたした。「言いたかったのは、あなたが最近いろいろ手助けしてくれていることに気づいているし、それを本当にありがたく思っているってことよ。あなたはいい子ね、ショーン」

昨夜も同じことを言っていた。だが、おれは子どもじゃないし、ショーンでもない。

「愛してるわ」

なんて答えていいのかわからなかった。だからただ背中を向けて、何も言わずに皿をキッチンに持っていった。

そしてシンクに置きながら考えた。確かにおれはショーンの母親をかなり好きになっている。だが、息子のようには愛せない。

そのことはとっくにわかっていた。なのに、なんでこんなに気になるんだろう。愛せないからといって母親を傷つけるわけじゃない。どのみちショーンはいなくなっているし、ショーンの居場所も空っぽだ。むしろ悲しみを押しやることで、おれは母親を救っている。

いやな考えを頭から追い払って、汚れた皿を水ですすいだ。それを食洗機に入れると、宿題をしに部屋に向かった。閉まっているドア越しに、ジェイソンがショーンのギターをかき鳴らす音が聞こえる。

部屋のドアを閉めて机にすわり、英語のフォルダーを取り出した。きのうとおとといの夜と同じように宿題の準備をした。

ところが筆記用具を選ぼうとして、どれも試しずみだと気づいた。紙の上で動かすのも、もう考えつくかぎりのやり方でやっている。

これじゃあ、宿題をやる楽しみがない。

今回の宿題は、リストアップされた単語の定義を書き、その単語を使ってそれぞれ文をつくるというものだった。そうすれば、各単語の意味を覚えやすくなる。

だが、おれはもう覚えていた。ショーンならともかく、おれが書いたところで、なんの意味もない。

フォルダーを押しやったとき、だれかが部屋のドアをノックした。

「ショーン」母親がそっと呼んだ。「父さんが話したいって」

週に一度の午後と、二週に一度の週末、ショーンは父親に会っていた。だが父親は今、二週間の出張中だ。だから電話で連絡してきたんだろう。

父親に言いたいことは何もない。だが、気づいたときには母親がドアを開けて電話をつき出していた。

ほかにどうしようもなかったから、おれは電話を受け取った。母親はドアを閉めて行ってしまった。

電話はそれほど大きくなく、重くもなかった。この機械が何マイルも離れた場所で発生する音波をこの耳にとどけてくれると思うと、なんとも不思議だった。

おれは電話を持ち上げて左耳に当て、「もしもし?」とためらいがちに言った。

「よう、ショーン！　元気か？」

今回は相手の考えも行動さえも目で見て理解することができなかった。おれが今まで大いに楽しんできた体の細かい動きは、電話ではすべてはぎ取られている。

顔が見えなかったから、集中するものといえば、声の調子や大きさや響きの違いぐらいしかなかった。おかげで、相手が目の前にいたら気づかなかった微妙な感情を声から知ることができた。沈黙や間にも意味がある。さっきの短い言葉からも、息子と話せる父親のうれしさがかなり感じられる。

出張のあいだショーンに会えなくてさみしい。そのことが言葉のひとつひとつから伝わってきた。

今は間があいている。

「ショーン？」

そのひとことにも心配や疑問がこめられている。おれが答えていないせいだ。

「元気だよ」おれはそう言ってから、「父さん」とつけたした。

「フロリダにいるあいだ、おまえたちに会えなくてさみしいよ。観光する時間はほとんどないんだが、いいレストランには何度か食べにいったぞ。シーフードがうまいんだ！おまえもきっとここが気に入るよ。海が目の前で、波間に沈む夕日を食事をしながら見られる。いつかおれとおまえとジェイソンで遊びにこよう。ビーチで過ごしたりもしようじゃないか。どうだ？」

「おもしろそうだね」それが正しい答えに思えた。

「で、勉強の調子は？」

「いいよ」

「なんとか試験にとおってるのか？」

「うん」

「今週末には会えるんだよな？　みんなで映画を見にいくつもりでいるんだ。どう思う？」

「すごくおもしろそうだね」わくわくした感じを出そうとした。

「おまえにお土産をいくつか選んだが、それが何かはまだ内緒だ。おまえの気に入りそうなものがとくにひとつあるんだ。見た瞬間、おれは思ったね。おい、こりゃあ、ショーンに買ってやらなきゃ！　いや、それが何かはまだ言わないぞ。だからおまえもきかないでくれ。会うときまでのお楽しみだ」

おれはすっかり居心地が悪くなった。父親は大喜びでショーンに話しかけている。聞いている相手はショーンじゃないっていうのに。

この世にショーンがいるから幸せだという人間が何人かいることは前から知っていた。だがおれは今、ショーンにしか与えられないものがあるということに衝撃を受けていた。二週間ぶりに父親に会えたら、ショーンならほっとして喜んだだろう。気楽に、興味津々で、有頂天にさえなって父親と会話できただろう。母親から手を重ねられても、天使と呼ばれても、どうしたらいいかわかっただろう。

「愛してる」になんと答えればいいかも知っていただろう。

「金曜の七時に迎えにいくことになっていたと思うが」父親はしゃべりつづけている。「おまえたちに会うのは久しぶりだから、もう少し早く行ってもいいか母さんにきいてみるよ。それでいいか？」

「大歓迎だよ」

「そうか。じゃあ……何も問題はないな？」

「うん」

「本当か？　あまりしゃべらないようだが」

「本当さ。ちょっと疲れてるだけだよ」

「夜ふかしをしてるんじゃないだろうな？」

「してないよ」

「よし。で、ジェイソンはそのへんにいるのか？」

「うん」おれはそう答えてから、「ジェイソンと話したい？」と期待をこめてつけたした。もう父親と話すのはいやだ。ちっとも楽しくない。

「もちろん。金曜はおそらく五時ぐらいに行く。いいな？　愛してるぞ」

おれはそれにも答えなかった。ただ電話をジェイソンの部屋に持っていった。ドアをノックすると、ギターの音が止まった。

「なんだよ？」ジェイソンは、いぶかしげにきいた。

おれはドアを開けて、母親がやっていたように電話をつき出した。

半分開いたドアから、ひざにギターをのせてベッドにすわっているジェイソンが見えた。ジェイソンは動きを止め、じゃまされて迷惑だという顔をしている。

おれは部屋に入って、とにかく電話を差し出した。ジェイソンは、かみつかれるんじゃないかとでもいうように、それをゆっくり受け取った。

「もしもし？　ああ」そして見るからにリラックスした。「父さん、元気？」

おれはショーンの部屋にもどり、宿題をやらずに、ただすわって考えた。

人間は自分の行動や癖、話し方や動き方に縛られるものだと思っていた。だがこうしてみると、ショーンのような人間には、それ以外にも巻きついている糸があるようだ。

ほかの人間とのあいだをつないでいる、愛情と信頼の糸が。

ショーンはいなくなってしまったが、ショーンの居場所はすっかり空になったわけじゃない。おれがどんなにショーンのやりそうなことをまねしようと、ショーンがこれまでつないできた糸の数々は、これからもずっとショーンならではの形を保っていくんだ。


どうもおれは、何かを学んだみたいだな。

そうか！　だから連中はおれをすぐに連れもどさないのかもしれないぞ。おれに学ばせようとしてるんだ。

そう考えたら、身の引きしまる思いがした。もしかすると、じつはおれは天のとある計画の中心なんじゃないだろうか？

もし本当にそうなら――たとえその計画がごく小さいもので、つくり手側から見れば深い考えや対話なんか必要ないぐらいだとしても――まちがいなく大満足だ。

20

連中がおれを連れもどしにくるのはきっと夜だと思ったから、すぐにはベッドに入らなかった。また夜ふかしをして、ショーンの高校の学校年鑑を見た。学校のことはおれもだいぶわかってきたが、ショーンはあの廊下をどんな思いで歩いていたんだろう？どんなことを感じながら、この目からまわりを見ていたんだ？

だいぶ遅くなってから、結局はしぶしぶベッドにもぐりこんだ。上がけを引き寄せて、寝てもいいことにした。

次に目覚めたとき、おれはまだ人間だった。

体がベッドに横たわっている。静かで暗い中、ぼんやりした頭が語りかけてくる。まだ朝じゃない。そうだ、真夜中だ。

そのとたん、ひとりじゃないと気づいた。

この部屋に、だれかいる。

おれはとっさに向きを変えた。かすんだ目を通して、閉めてあるドアの前にどっしりした何かが見える。まわりの影よりも暗く、おどすような迫力がある。

ボスだ。

おれは体を起こした。この独特の恐怖感がどんなものかすっかり忘れていた。神経を本来あるべき場所からいきなり引きはがされたような衝撃だ。

連れもどされることなんて、もうどうでもいい。ただ、もどるときに苦しみたくはない。

息が体の中でナイフになったみたいだ。浅く切りつけながら、入って、出て、入って、出ていく。その音が部屋にうるさく響いている。

相手が迫ってきて、目の前にそびえ立った。雄牛と人間の中間のような見た目だが、そのどっちよりも力強い。

おれはぎゅっと目を閉じた。

だが姿が見えなくなってみると、感じる気配は……ふつうだった。この部屋に特別な力をもつ存在なんていない。気のせいだ。

見るほどの相手もいないし、恐れるほどのこともない。

あれはボスじゃない。

目を開けると、さっきのやつはまだそこにいて、毒ガスのようにぼうっとそびえていた。

そいつがしゃべりだした。

「おまえはここにいるべきじゃない」

その言葉はのどからじゃなく、深く響きわたるように全身から一気に発せられていた。

「わ、わかってるよ」おれはかすれ声で答えた。

「持ち場を離れるとは何事だ」相手がつづけた。

だが言い方が変に尻上がりだった。口調がどうもおかしい。不吉な感じがしないし、格調高くもない。

「ただ気に入らないからって、それだけでいきなり……とんずらするとはな」

むっとしているんだ。これは、むっとした声だ。いらだっているんだ。

こんなしゃべり方をするあの世の知り合いっていったら、ひとりしかいない。

「アヌス？」おれは半信半疑できいた。

「その呼び方はやめろ！」

「ここで何してるんだ？」

「アニウスだ。ア・ニ・ウ・ス」

アニウスは監督官たちの監督官。つまり地獄の中間管理職だ。おれの仕事が悲しみや罪悪感を映し出すことなら、こいつの仕事は不安や心配を映し出し、なんやかやと気をもむことにある。

「なんでここにいる？　なんの用だ？」

「正しい名前で呼ぶまで、おまえとは話さない」

「ア・ニ・ウ・ス、何してるんだ？　人が寝ようとしてるときにわざわざ来て。それに、そのいでたちは？」

「おまえこそ何をしているんだ。寝ようとしていただと？　おまえは寝ない。寝る必要がない。ぜったいに寝てちゃだめだ」

「いや、寝る必要は大いにある」

「それは体の中にいるからだ。その盗んだ体の中にな。それと、わたしがこんな姿でいるのは、（一）体を盗んでいないから、（二）おまえに事の重大さを知らせるため、だ」

どうやら連中は、よりにもよって、おれのいちばん苦手な相手を送ってよこしたらしい。口うるさくて、話を聞くにたえないやつを。

「ワー、ワー、ワー」

おれはそう言って、また横になった。だが、おどろきすぎて、もう眠くはなかった。

「地獄にもどれ。おれは休暇中だ」

「おまえに休暇はない！」アニウスは怒鳴った。

「だから休暇を取るって言うんじゃないか」

アニウスは体を引いて、角のある頭をぼうっと見せつけた。

「おまえはもう百万もの規則を破っている。本来は魂の苦しみを監督するべきなのにな」

「そんなのは規則じゃない」

「規則だ」

「ただの習慣だ。ずっとやってきただけだ。だからって規則にはならない」

「神に個別に割り当てられた仕事だってことは、おまえもよく知っているはずだ。わたしの仕事は、監督官たちを監督することだ。おまえのせいで、その仕事が充分に果たせなくなっている。サボっているように見えている。このわたしが困ることになっているんだ」

「おれは神になんの仕事も割り当てられてない。やれとはひとことだって言われてない。そもそも、会ったことだって一度もない」

「おい、こら、神を冒涜するつもりか！」

「まあ、そう思われたっていいさ。明らかな事実を言っただけで冒涜したことになるならな」

「今にひどいめにあうぞ！」

「へえ。だれから？」

おれは上がけをあごまで引き寄せた。

「ボスからだ、キリエル」

思わず目を開けた。

ボスか。もちろんボスには会ったことがある。一度は運命まで共にした。美しくて、恐ろしくて、常に有無を言わせない——それがボスだ。さっきもボスの怒りを考えただけで恐ろしさに身がすくんだ。

だが、もう落ち着いて考えられるようになっていた。

「おれに文句を言う余裕なんか、ボスにはないだろう？」

そもそも先導したのはボスじゃなかったか？　あの反逆を。あのとてつもない反乱を。すべての反抗をやめさせるための反抗を。

「それに、今回のことはどうせたいしたことじゃない。解決するのに、おまえを送ってよこすぐらいだからな」

「だれが送ったって？　わたしは自分の意志で来たんだ」

おれは暗闇の中でまばたきした。だれも送ってない？　おれをもどそうとしているやつがいない？

ふと恐ろしい考えが浮かんだ。

「まさか……メッセンジャーに書きこんだのは、おまえか？」

「ああ、もちろんだ。ほかにだれがいる？」

おれは寝転がったまま、あっけにとられた。おれがいなくなったことにアニウスしか気づいていないなんて、そんなことありえるのか？

アニウスが来たのは、だれかに言われたからじゃない。おれを気づかったからでもない。理由はただひとつ、なんでも心配して気にせずにはいられないからだ。それがこいつのやることの、たったひとつの動機なんだ。

おれはまた体を起こした。

「ボスにばらしていいぞ。キリエルはもう魂が苦しむのを見るのにうんざりしているってな。ほら、とっとと帰れ、この口うるさい心配性のおべっか使いめ」

暗い中、赤く光るふたつの目がアニウスの顔のあたりに浮かんだ。おれをおどかすつもりらしい。

おれはまた寝そべって、上がけをあごまで引っ張った。

「わかった。いいだろう」

アニウスはむっとした声で言った。

「だが、これだけは忘れるな。わたしはまちがいなくおまえと話し合おうとした。帰らせようともした。自分の仕事をちゃんとこなしたからな」

「ああ。まあ、べつにいいけど」

おれは、心地いい眠りがいかにも楽しみだというように、ベッドに深くもぐりこんだ。

「おやすみ、アヌス」

そして、アニウスの気配が消えてから目を開けた。よし、もういない。

だがそのあと眠れなくなった。横向きに寝そべって、部屋の壁をじっと見つめた。

だれもアニウスを送っていなかった。

おれが学んだところで、だれも気にしていなかったし、おれのための計画をつくっているやつもいなかった。

地獄でのおれの居場所を――おれの存在価値を――守らなければと思うやつさえいない。

ショーンは運がいい。少なくとも、いなくなったことを悲しんでもらえる。ショーン・シモンズは、ただ生きていただけで、この小さな世界に独自の印を残していたんだ。

おれの中に不満がわき上がった。これは嫉妬の罪に違いない。だからって、とくにいい気分にも悪い気分にもならなかった。それでもひとつだけ、かすかに罪らしいと思える部分があった。嫉妬そのものに命があるんじゃないかとつい思いたくなるほど、くっついてかじりついてくる感じがしたんだ。

ショーンの枕がおれの頭を支えている。おれはひとりの少年の体を盗んだ。なのに神は気にもしていない！　人間が大いなる計画の中でかなり重要な位置を占めているっていうなら、そうだ、神が自らあらわれて、これをどうにかするべきじゃないのか？

だが神はあらわれない。だれかを送ることさえしない。

宇宙を動かす者なんてどこにもいないとでもいうように。

おれはまた体を起こした。ショーンの枕を何度かなぐって、もっとふくらませた。それから今度は仰向きに寝そべって、天井を見つめた。

おれがいなくなってもだれも気にしないってことは、おれはあそこにいる必要がないのかもしれない。おれの仕事は余分なものなんじゃないだろうか。ほんとは魂には鏡なんていらないんじゃないのか？

あの反逆以来はじめて、おれは自分が受けた大きな報いについて考えた。

おれの罰が何かは、だれにも言われていない。自分で気づいただけだ。

だが、本当にそうだったんだろうか？

もしかすると、自分で自分に罰を科したのかもしれない。じつは地獄にいる必要なんて、一瞬たりともないのかもしれない。

そうか。だったら、人間の魂だって地獄にいる必要はないのかもしれないぞ。やつらの罰も、自分で科したものなんじゃないのか？

ずっと自分で自分をみじめにしていたなんて、ずいぶん壮大な冗談じゃないか。罪を犯そうが、反逆しようが、神はちっとも気にしていないなんて。

おれのことだって、これっぽっちも気にしていないんだろうな。

……夕が過ぎ、朝が訪れ、
最後の日となった……

21

寝ないで考えているうち、窓の銀色の光がうっすら黄金色《こがね》を帯びてきた。そこでベッドから起きてシャワーを浴び、手に持った石鹸が体の上をすべっていくのをぼんやり見つめた。きのうだったら、そのすべる感じや、あとから肌がキュッキュッと鳴るのを楽しんだだろう。だが、きょうは寝不足で機嫌が悪く、これまでずっとだまされて地獄の手伝いをしていたんじゃないかとむかむかしていた。

体をふいてデオドラント剤をつけ、洗濯ずみのカーキ色のズボンと黒いTシャツ姿になった。髪もとかした。

部屋にもどるとピーナッツがいて、たんすにすわったままおれを見ていた。

「よう、ピーナッツ」おれはどういうわけか、もうこいつが恐くなかった。猫に引っかかれるぐらい、今となってはどうってことない。

一瞬、おれたちは見つめ合った。「にせ者」対「にせ者が気取っていることを気にしている唯一の生き物」だ。

ピーナッツはおれがベッドに腰かけるのを見ていた。おれはショーンの革靴をはきながらピーナッツを見ていた。靴紐を結び終わると立ち上がり、ピーナッツに近づいていって手を伸ばした。

「もうちょっと罰を与えたいか？　やれよ。引っかいていいぞ」

手をしっかり出し、爪がかみそりみたいに切りつけてくるのを覚悟した。その爪の持ち主は、この宇宙で唯一、居場所というものを堂々と守ろうとするやつだった。

ピーナッツはおれの顔から手に目を移した。威嚇することはなく、首をゆっくりゆっくり伸ばして、とうとう鼻を指先につけた。

おれはかろうじてそれを感じた。かすかな冷たい点みたいで、ほんとにそこにあるのかわからないぐらいだ。ピーナッツが体を引くと、その感覚もなくなった。

「今のはなんだ？」おれはきいた。

もちろんピーナッツは答えない。

「おまえはおれがショーンじゃないことを知っているし、それを気に入らないと思っている。そうじゃないのか？」

ピーナッツは目を閉じた。おれのこともショーンのことさえも、もう頭にないようだ。

「そうじゃないのか？」

そのまま動かない。わき腹がゆっくりふくらんだりしぼんだりしている。

「おい、寝てるのか？」

その通りだった。

おれはピーナッツを部屋に残して、朝食をとりにいった。

母親が仕事に出かけていて、ほっとした。おれはすっかり暗い気分になっていたし、なんだか何もかもがいやになっていた。そもそも暗い気分になったのはアニウスが来たせいだったが、そのこと自体はもうどうでもよくなっていた。

自分の分だけよそってシリアルを食べていると、ジェイソンがやってきた。相変わらずショーンがもうこの世にいないことに気づいていない。

だれも気づかない。

これなら好きなだけ長く人間としてここにいられそうだ。年をとって老いるのがどんな感じかも確かめられる。

ジェイソンが自分のシリアルを持ってきてテーブルにつき、音を立てながら食べはじめた。

こいつの本物の兄にだってなれるんだ。おれがそうしたいと思いさえすれば。

だが、そうしたいと思っていないことに気づいて、自分でもおどろいた。おれはジェイソンがかなり好きだし、幸せになってほしいと願っている。ただ、長くいっしょにいたいとは思わない。そんなのはつまらない。

ここにいることの目新しさはもう薄れてきていた。きのうの夜はショーンの宿題もしなかった。自分のやっていることがみじめにすら思えてきている。たったひとり、だれにも気づかれることなく、死人の服でおしゃれをしてただ遊んでいるみたいだ。

ジェイソンが食べているのを見ながら決心した。きょうの午後、もう一度レーンに迫ってみよう。あの子とうまくいくのを本当に楽しみにしていたんだから。それと、ほかの計画にも最後の仕上げをしてやろう。

そのあとショーンの体から出る。どこでも気が向いたところに行って、なんでも気に入ったことをやるんだ。

ふうむ……体を転々とするのもいいかもな。人間が職をころころ変えるみたいに、体をどんどん移っていこうか。

ショーンより目立つやつにしたらどうだろう？　そうだ、いろんな国の大統領とか！この世でちょっと注目されるにはどうしたらいいのか、はっきりわかるかもしれないぞ！

「きょうもベイリーの家に行くの？」ジェイソンがきいた。

「さあ」おれは答えた。

ジェイソンはおれを見ずに、ボウルに目を向けたまま食べつづけている。行きたいなら、なんでそう言わないんだろう？　なんでわざわざ自分から物事をややこしくする必要があるんだ？

「まあ、きっと行くと思うけど。ついてくるか？」

ジェイソンは肩をすくめた。「たぶん」

スプーンがボウルの底に当たる音がした。いつのまにかシリアルをすっかり食べ終えていた。ふさぎこむのに忙しくて、朝食を楽しむのも忘れていたらしい。これじゃあ、いくらなんでも、人間になりきりすぎだな。


スクールバスに乗ると、いつもと同じベイリーのとなりの席までのろのろ進んだ。

「よう」ベイリーはさっと場所をあけた。

「よう」おれは席に腰かけた。

「世界史の宿題はやったか？」

「いや」

「おれもだ。難しかったよな」

「ああ」ほんとはちっとも難しくなかった。いや、もしおれがやったとしたら難しくなかったはずだ。

バスが動きだしたとき、ミラーに映った運転手の目がちらっと見えて、何かが変だと気づいた。というより、運転手自体が変だった。前よりやせているし、それに髪型が違っている。

そうだ、あいつはおれが乗るバスの運転手じゃない！

「あれはだれだ？」おれは指さしながらベイリーにきいた。

「ん？　ああ、代理だよ。たぶん」

「じゃあ、いつもの運転手は？」

「さあね。風邪かも。だからって、なんの違いがあるんだ？」

「いるはずの人間がそこにいないからって、なんの違いがあるか？」おれは苦々しい気持ちで言った。「なんの違いもない。ぜんぜんない」自分で答えて、席にぐったり寄りかかった。

「そうか。ふうん。まあ、べつにいいけど」

家がどんどん通り過ぎていく。ボウルに注がれるシリアルみたいに、ぼやけながらまとまって流れていく。

「で、レーンはまた誘ってみるのか？」ベイリーがきいた。

「まあ、たぶん。なんできくんだ？」

「ちょっと気になっただけだよ。そもそもおれんちだし」何気ない言い方だった。

いや、何気なさすぎる。おれはベイリーの横顔をじっくり見た。ベイリーは会話に興味をなくして、窓の外を見ているようだ。

だが、きのうベイリーがどんな目でレーンを見ていたか、どんなふうにレーンに本を貸していたかを思い出した。

こいつ、おれがいなくなったとたん、おれの女をうばうつもりだな。

バスが少しゆれて、開いた窓から低いエンジン音が聞こえてきた。ベイリーは無表情だったが、どこか遠くを見るような目つきをしていた。おれにもうわかるようになった、物思いにふけっているときの目だ。

しかし、まあ、いいんじゃないか？　あらためて考えてみると、実際ベイリーとレーンはけっこうお似合いだ。共通点が多いし、お互いを知る時間もこれからたっぷりある。それに今のところ、どっちにもほかにつきあいそうな相手がいない。

おれとレーンが終わったあとは、ベイリーがレーンとつきあえばいい。おれとしても、ちょっとした幸せをふたりで与え合ってほしい。

顔を横に向けて、通り過ぎていく世界を窓からながめた。あの教会の前を通りかかったとき、内臓を何かにつかまれたような、妙な息苦しさがわき上がってきた。

おれはとたんに決心した。きょうの帰りはバスに乗らない。歩いて家に帰る。その途中、堕落した天使として、拒絶された存在として、あの「聖なる」場所に足を踏み入れるんだ。

それに気づくやつがいるかどうか、とにかく確かめてやろう。


昼食のときにベイリーのとなりにすわるのもこれが最後だった。トレイの上には長方形の紙皿があって、その上にレタスが、その上に焼いた挽肉が、その上にオレンジ色の細切りチーズがのっていた。紙皿のわきには、食べたらパリパリしそうなベージュ色の三角形のものが山盛りになっていた。

要するにケチャップはなし。あの美味なソースを最後に味わうことはできないってわけだ。

フォークでレタスをつつきながら、これがショーンとしての最後の食事だなんてと少しがっかりした。夕食の前にはここからいなくなろうとすっかり決めていた。ベイリーはこんな食事でもかまわないらしく、三角形のチップスのほうを平らげてからサラダのほうを食べはじめた。

くたっとしている千切りレタスを自分の口に運ぼうとしたとき、トレイを持って列を離れようとしているリードの姿が見えた。

やつのことをすっかり忘れていた。

ジェイソンに長くつづく影響を与えることについては、今のところあまり期待できそうにない。きょうレーンとセックスまでもちこめるかどうかも、なんとも言えない状況にある。

もしかすると、結局はリードとやりとりできたことだけがせめてもの慰めになるかもしれない。リードの人生につけた小さな印には確かに望みがある。ちっぽけな印だが、おれが去ったあとも残ってくれるはずだ。なにしろ、おれはリードの頭に思考の種を植えつけた。種は育つだろうし、その過程でリードだけじゃなく、リードが関わっていく人間にもおそらく影響を与えてくれる。

だからってたいしたことじゃないし、とりわけ満足することでもない。ただ、ほかのすべてが失敗に終わったときには、この「もと苦痛の種まき人」との思い出にすがりつくことができる。リードを通して、自分がしたことの結果をちゃんと確かめることができるんだ。

おれはレタスと挽肉をかみながら、リードがこっちのほうに来るのを見ていた。リードは仲間が集まっているテーブルを目指していた。ほかの生徒がいる席のあいだを静かに抜け、自分のいつもの場所に向かっていく。辛抱強くだまって立ち止まり、何人かの女子がよけるのも待っている。おれは自分の顔の筋肉がゆるむのを感じた。そもそも筋肉が緊張していたことに気づいていなかった。

リードはまた歩きだし、おれのとなりの通路までやってきた。そこに道を少しふさいでいる車椅子の少年がいて、また立ち止まることになった。リードがにっこりしてしゃべりだしたのはそのときだった。

「どけよ、クソ車輪野郎」

体の中で何かが本当にがくっと落ちた気がした。胸骨の裏で重しでも下がったみたいだ。

片脚にギプスをしていたその少年は、なんとか車椅子を動かしてよけようとした。リードが回り道をしたほうが早そうなのに、リードはちっとも動かずに少年の前に立ちはだかっていた。少年は、恥ずかしいのか怒っているのか、口をぎゅっと結んでいる。

さっき下がった重しがふくらんで肺にぶつかってしまいそうだ。世界中のリードみたいなやつらは、なんでいつもあとになってから悪かったと思うんだろう？　なんでまだ取り返しのつくうちにそういう気持ちになれないんだ？　あいつがやるべきなのは、口を閉じていることだけなのに。ただだまって、おとなしくすればいいんだ。今すぐリードがするべきなのは、何もしないことなんだ。

それだけでいいのに、そうするつもりはないらしい。

おれの顔の筋肉はすっかりこわばっていた。少年がようやくよけて、リードがおれのわきを通ろうとしたとき、おれはほとんど無意識に少し向きを変えて、片足を前につき出した。

それが、宙に踏み出していたリードの足に当たった。リードはつんのめって一瞬止まり、それから前に倒れこんだ。トレイが小さな弧を描いて飛び出し、その上にリードがのっかった。転んだときの衝撃をやわらげようと両手を床に広げたが、そのときにはもう手遅れだった。

「うお」ベイリーの声がした。

おれは自分のやったことにあっけにとられて、すわったままリードを見下ろしていた。リードは食堂の椅子の下に入りこむような形でばったり伸びていた。

憤怒の罪については、おれは人づてにしか聞いたことがない。これまでは、もろい容器にむりやり物をつめこんで限界が来るようなものだと思っていた。まさかこんなふうにいきなり大津波級におそってくるものだったとは。しかもその過程で、まともな考えはすっかりしめ出されてしまうらしい。

リードは床に寝そべったまま顔を上げ、おれをにらみつけた。

おれはぎくっとした。

ところが、リードが体を起こして立ち上がろうとしたときだった。脚を骨折していたあの少年が下のほうにさっと目を向け、車椅子をバックさせてちょうどリードの右手をひいた。「あっ、ごめん」少年はおどろいた声でリードに言った。

だが、おれと目が合ったとき、してやったりという顔をしていた。

まわりのテーブルから笑いが起き、それがどんどん大きくなっていった。

リードは悪態をつきまくった。少年の親や、知能や、性癖や、生理現象に関係のある、典型的なアメリカの悪態だ。

しかし、それで仕返しはすんだらしく、ひざをついて体を起こした。顔をこわばらせて、ひかれた手を胸に引き寄せた。

まさか骨が折れたのか？

立ち上がるとき、だれも手を貸さなかった。おまえは仲間に好かれていないと言ったおれのリードへの言葉は当たっていた。近場のあちこちからさらにしのび笑いが起きたが、声をかけてやろうというやつはいなかった。リードはつっ立ったまま、床の上や自分のシャツについている昼食の残りを見下ろしていた。

リードの仲間もふくめ、みんなは自分の食事や会話にもどった。リードは、拾うのを迷っているのか、ひとりでトレイの前に立っていた。

結局は拾わなかった。痛めた手をかかえたまま、背中を向けて立ち去った。

リードが食堂を出ていったときも、おれは席にすわっていた。ベイリーが立ち上がって、床に落ちていたトレイやフォークを拾った。わざわざ食べ物を片づけたり、トレイを返却口に持っていったりはしなかった。ただ拾ったものを近くのテーブルのすみに積み上げ、自分の席にもどってまた食事をはじめた。

あとはだれも何もしなかった。

おれはもう食べたくなかった。リードに被害者の気持ちを味わわせても、ちっとも気が晴れない。自分の中のいやな気持ちがずっといすわっているだけだ。

なんて意志が弱いんだ。とうとうやってしまった。考えなしに人を傷つけてしまうなんて。

自分にうんざりする。

人間でいるから、こういうめにあうのか？　だから心がねじ曲がって、他人の人生とのささいな接点のことしか考えられなくなるのか？　そのせいで、どんな接点も過去として残るだけじゃなく、無限の可能性に満ちた未来につながるってことを忘れてしまうのか？　その未来は延びたり止まったりもするし、切り開かれて、もっと可能性を生み出したりもするっていうのに。

リードはとことんしゃくにさわるやつだとしか思えなかったのも、人間でいるからなんだろう。


その日の午後、おれはバスに乗らずに教会へ向かった。

黒くて細い手すりのついた、赤いタイル張りの階段をのろのろのぼっていった。どっしりした黒い木製のドアが一列に並んでいたから、いちばん近いドアを選んだ。

中に入ると、建物と同じ横幅の空間が広がっていた。玄関みたいなもので、教会と呼べる場所じゃないと気づいた。目の前にまたべつのドアが並んでいたからだ。広い玄関の両側には窓があって、そこから太陽の光が差しこんでいる。そのために白い壁が――

外から見たときと同じように平凡な壁ではあったが——安らかなぬくもりを放っているようだ。

おれは目の前のドアをすぐに選び、そこを開けて前に進んだ。

急に床に穴があいて、おれを丸ごと飲みこんでしまうようなことはなかった。

壁が高くそびえていた。首をそらすと、壁の上に浮かんでいるような天井が見えた。落ち着いていながらも輝いているその白さは、さっき通った玄関で見たのと同じだ。それにくらべて交差している梁のほうは、黒々としていて、かたそうで、ドアのようにどっしりしている。

ここが聖域か？　聖なる場所なのか？

答えは「はい」そして「いいえ」だ。

地上のほかの場所と同じで、ここも神の住みかじゃない。だが、雰囲気、備品、壁、そういったもののすべてに、何世代もの人間の希望や、祈りや、愛や、絶望がつまっている。神に向けられたあらゆる思いがここにはただよっているんだ。そのことがこの場所を実際の広さ以上に大きくしている。ここには無限の広がりが感じられる。神の本物の無限にくらべたらほんの少しだが、それでも充分に広大だ。

ここには確かに安らげるものがある。ある意味、風呂に入るのにも似ている。床の上に立っているのに、空気よりも濃いものの中に浮いているような、まわりから圧力を受けながら押し上げられているような感じだ。

真ん中の通路を少し歩いてから止まった。両わきにある信者席は、背もたれがなめらかな木でできていて、シートがとてもやわらかそうな赤黒い布張りになっている。

そのうちのひとつに腰かけた。見た目ほどやわらかくなく、かためで少しちくちくした。

目の前にある背もたれの後ろ側には、席の端から端までつづく長いポケットがあった。物を入れやすいように仕切られていて、筆記用具を入れるための穴もついている。ポケットのあちこちには赤や黒の表紙の本が置かれていた。聖書と讃美歌集に違いない。ひとつ手に取ると、表に「聖書」と書いてあった。

おれはそれを開いて読みはじめた。

ある日、主《しゅ》の前に神の使いたちが集まり、サタンも来た。主はサタンに言われた。

「お前はどこから来た」

「地上を巡回しておりました。ほうぼうを歩きまわっていました」とサタンは答えた。

ずいぶん気さくに打ち解けた感じで会っているから、なんだか矛盾しているように感じた。なにしろ連中はボスを「敵」と呼んでいる相手だ。まるでボスが神と対立しているみたいに。ボスが神の意志に反して――そして反するために――存在しているかのように。

そういったことのすべてがどんなに不公平だったか、おれは考えないようにしていた。懸命に自分の個性を抑えて包み隠し、神が贈り物として天使に与えた純粋な喜びや受容以外は何も感じないように努めた。

だが、おれの崇拝する気持ちは贈り物じゃなく重荷になっていた。だから、自分の中にたくわえられていた創造物のすべてを結局は包みから取り出した。

その個性も与えられたものだが、そう認識していることさえ誤りなのかもしれない。だったらなおさら、正しくふるまえるはずがない。

おれは聖書を閉じて片手に持ち、だまってすわったまま考えた。

おれは何かの冗談なのか？

まちがいなのか？

自由意志の失敗作なのか？

不合格の試験なのか？

おれの仕事のひとつは悲しみを映し出すことだ。だから長いあいだ他人の悲しみばかり感じてきた。自分の心の中から生まれる悲しみとくらべたら、他人の悲しみなんてどんなに鈍くて弱いものかということを忘れてしまっていた。

神が決しておれのほうを向いてくれないと確信してから、自分の悲しみを感じることがなくなっていたからだ。

沈黙が涼やかにそっと高い天井までのぼっていった。おれは聖書をもとのポケットにもどした。それから声を使ってはじめて神に話しかけた。

「おい、おれはここにいるぞ」

宙に向かって疲れた声で言った。ただ、念のためにはっきり口にした。

「もし自分でおれをつかまえて、一対一になりたいなんて思うことがあったら、おれはここにいるからな」

沈黙。それはこの物質界では、音がないってだけじゃない。そこには空虚さが充満している。耳だけじゃなく心までも空にしてしまうんだ。

神が答えないことはわかっていた。おれには答えない。決して話しかけない。まあ、ちょっと思っただけだからいいけどさ。試してみようかなって。

22

教会を出ると、歩いてレーンの家まで行った。そのころにはもう自分がどんな気持ちでいるのかわからなくなっていた。ショーンの散らかった部屋みたいにとにかく混乱していて、最後だという思いや、運命へのあきらめや、物悲しい希望でごちゃごちゃになっていた。

唯一期待できるのは、レーンがおれに気づいてくれることだった。あの子ならおれに会うのを喜んでさえくれる。

玄関の前に立って、ベルを押した。

何も起きない。ピンポンともブーとも鳴らない。これは変だ。レーンはここにいるはずだ。学校が終わるといつもまっすぐ家に帰るんだから。

もう一度ベルを押し、指を離さないまま耳をすました。

それでも何も聞こえない。

だが、音がしなくても呼び出せることがあるらしい。目の前のドアノブが急にまわり、玄関が開いてレーンがあらわれた。

かわいい顔がぱっとほころんだ。

「あっ、ショーン、こんにちは。ちょうどベイリーに本を返しにいこうかと思ってたのよ」

「もう読み終わったの？」

「ええ。おもしろかったわ。また何冊か借りようと思ってるの」

「あいつも喜ぶよ」

「本を持ってくるから、ベイリーの家までいっしょに行かない？　ちょっと待ってて。お昼寝中のおばあちゃんにメモを残しておかなきゃ」

お昼寝中のおばあちゃん？

おい、これはいよいよツキがまわってきたんじゃないか？

「ちょっとおじゃましてもいいかな？」

「ええと」レーンは口ごもって、ちらっと後ろをふり返った。「そうね、大丈夫だと思うわ」

カーペットを敷いていない家に入ったのは今回がはじめてだった。レーンの家の床は木でできていた。レーンのゴム底のスニーカーは足音がしなかったが、おれの革靴は歩くたびにゴツンとカツンの中間のようなかたい音を立てた。

リビングにはコの字型の大きなソファがあって、一辺だけ欠けた長方形みたいに床を取り囲んでいた。その長方形の真ん中にガラス板がのった低いテーブルがあって、そこにベイリーの本が積み重なっていた。

レーンは窓のある壁のほうを向いてソファにすわった。おれがそのとなりに腰かけると、クッションが沈んでレーンが傾き、おれのひざに倒れこみそうになった。

「きゃっ」レーンは声を上げ、べつのクッションに移って姿勢を正した。「何か飲む？アイスティーとソーダがあったと思うわ。あ、それと水も」

「ううん、大丈夫」おれはレーンの顔を見るのに忙しかった。ショーンの体を出たあと、レーンの外見をどこまで細かく思い出せるかわからないが、それでもすべて覚えておきたい。頬より鼻のほうが毛穴が大きいところ。光がつくり出すつややかな白い点が瞳孔や虹彩を横切る様子。

「ええと」レーンはにっこりして、おれの熱い視線をかわした。「そうだ、この本は読んだ？」目の前にある本に手をかざした。「とってもおもしろかったわ。もうアニメと違うところがあったけど。読んだことあるんじゃなかった？」

「ううん」おれは雑談で時間をむだにする気なんかなかった。「レーン、ちょっと聞いてくれる？」

「もちろん」

「君はこの世でいちばんきれいだよ」

レーンは少しおどろいたようだ。視線をあちこちに走らせた。テーブルの上の本、おれのひざ、木の床、おれの顔以外のあらゆるところ。そして「もうそんなことしないで」とあいまいに言った。

「そんなこと？」

「自分がきれいじゃないことはわかってる。だから、そんなことを言うのはやめて」

レーンはソファの前にある床に向かって話していた。

これにはとまどった。今おれが言ったのは、レーンが聞きたいと書いていた――はっきり書いていた――まさにその言葉だ。

「言われるのがいやなの？」おれは半信半疑できいた。

「ええ」

「じゃあ……やめるようにする」

開いた窓からそよ風が入ってきて、レーンの髪の毛先をふわっとさせた。

「けど、ほんとに……きれいだよ」

「ショーン」レーンはいかめしい声で言った。「いいかげんにして。わたしたちふたりとも、どんな子のことをきれいっていうか、わかってるわよね。ローレン・ジョットとか、セーラ・ハンターとか、ビクトリア・ベックルズワースとか」

おれはレーンがどんな女の子のことを言っているのか考えて、「エミリー・ライスとか」とつけたした。ショーンが性欲を感じていた相手だ。

レーンは心なしか肩を落とした。

「何が言いたいのかはわかってるよ。君は美しさを取り違えてる。今の世間の考えに流されて、視覚的な形状の完璧さだと思ってるんだ」

レーンはぽかんとおれを見つめた。

「なんの……完璧さ？」

「視覚的な形状」

「視覚的な形状？」理解しようとしているのか、ゆっくり繰り返している。「視覚的な形状の完璧さ？……でも、それが美しいってことでしょう？」

「違うよ」おれはきっぱり言った。今はそのことを深く掘り下げるつもりはなかった。考えていた大事なことに早く取りかかりたい。もういちかばちかだ。

横にずれてレーンを抱きしめると、レーンはおどろいた様子で身を固くした。

だがキスをしたとたん、力が抜けていった。

そしてすぐにキスを返してきた。

ショーンのTシャツとはぜんぜん違う感触だ。

キスは本当にすばらしく、いつまでも長くつづいた。時間そのものがどんどん伸びて、おれたちのまわりをぐるぐるまわっているみたいだった。喜びがおれの中に広がって、しだいにぴんと張りつめ、ショーンの机の引き出しに入っていた輪ゴムみたいに大きくなっていった。

どのぐらいの時間が経っていたのか、レーンが息をついて体を引き、おれの首にもたれかかった。

そうか、これがキスか！　どうりでレーンがひと休みして、うっとり思い返したがるわけだ。さすが愛しいレーン。どんなこともしっかり味わおうとするなんて。

頬のぬくもりを肌に感じる。「ああ、レーン」おれはレーンの髪に向かってささやいた。「おばあさんが寝ていてくれて本当によかった。このあともきっと楽しめるよ」

「何を楽しめるの？」

今になって、ショーンが髪を切っていなくてよかったと思った。レーンが指をからませてきたからだ。

「何もかも」おれはそっと答えた。

「何もかもって？」

「おれがこれから君にする何もかもさ」

レーンの指の動きが止まった。

「わたしに何をするつもりなの？」

そういえばレーンに愛してると言うのを忘れていた。けど、まあいいか。レーンがせっかくそそる質問をしてくれたところなんだから。その答えなら細かいところまでとっくに考えてある。

「いろんなことだよ」

「たとえば？」

「たとえば——」おれは言いかけて口をつぐんだ。

レーンの体が離れていって、まっすぐになろうとしていた。

おれにはもともと高度に発達した会話力はないが、どっちにしても今は、事細かに説明しないほうがよさそうだ。ふたりでセックスの絶頂にいたるために、いろいろ考え抜いた手法があったが、とっておきのやつさえもおそらく言うべきじゃない。

レーンの顔をのぞくと、目つきが少し険しくなっていて、口がいつもよりきつく閉じられていた。

「ショーン、なんのことを言ってるの？」

おだやかな声には聞こえなかった。むしろ警告しているようだ。

「べつに」

「ちゃんと答えて。何を言おうとしてたの？」

「なんだったかな。忘れた」

レーンはおれをじっと見つめた。

「ショーン、わたし、あなたとセックスするつもりはないわよ。わかってるでしょ」

いや、わかっていなかった。レーンは、うっとりするようなリードでショーンに処女をうばわれるシナリオを何時間もかけてつくってきた。今だって誘って、喜ばせて、その気にさせていた。何がまちがっていたんだ？

「おばあさんは寝ているんだよね」おれは念を押した。

「そうよ。けど、わたしはそんなつもりじゃ……。だって、わたしたち、キスだってはじめてなのに」

だからなんだ？　はじめてキスしたあとにセックスするやつはおおぜいいる。

だが、そうは言わなかった。おれはレーンが望んでいたことを急いで思い返した。

そういえば、ショーンとのセックスそのもののシーンになると、レーンの描写はかかなりあいまいだった。考えてみれば、胸をさわられたあとはいつも時間が飛んで、処女を失ったレーンがショーンと抱き合いながらけだるそうに横たわっている場面になっていた。ショーンがシャツを脱ぐ姿は何度も登場していたが、レーンの描くショーンの胸は、薄くて骨張っている実際のものとはまるで違っていた。ショーンがパンツを脱ぐ具体的なシーンはあった記憶がないし、ショーンの性器にいたっては——さらに言えばレーンの性器についても——まったく書かれていなかった。

まさか、おれは判断を誤っていたのか？

そうだ。レーンは事前と事後にやりたいことしか長々と書いていなかった。事の最中についてはひとことも触れていない。レーンの想像は、おれが探求したい場所まではちっとも行っていなかった。おれがよく知っている——とにかく頭ではよく知っている——激しい欲望の暗い奥地になんて、なおさら行くわけがない。

レーンはごく初歩的な望みを書いていただけだ。抱きしめて、キスして、愛してほしかったんだ。

それぐらいのことなら、いや、それにかなり近いことなら、骨張った手をしたあの母親とだってやれるじゃないか。

なんだよ！　よりによってこんな体に入っちまうなんて。おれのやりたいことをなんでもやっているやつにすればよかった。

自分が何をやりたいのか、確かにこの体に入るまでわからなかったが、それにしてもだ。人間の欲望にうといわけじゃないんだから、予測できたはずだ。

「怒ってるの？」おれがソファに沈みこむと、レーンがきいた。

「いや」レーンとキスしたせいで、口がまだ少しひりひりしていた。この唇の敏感な皮膚が、ああいう接触や摩擦や湿気に慣れていなかったからに違いない。

それでももっとしたかった。唇そのものが欲望をもったかのようだ。

欲望をもった体の部分はほかにもあった。じつのところ、色欲の化身がズボンのチャックを引っ張っていた。憤怒の罪を犯したときみたいないやな感じがする。こいつはまともな考えをすっかりしめ出そうとしている。だれが傷つこうが気にしないし、ベルトとズボンがシャツのすそを閉じこめようとするみたいに、おれを縛りつけて意のままにしたがっている。

だから色欲の化身を無視しながら考えた。よし、目標を少し下げてみるか。セックスしなくても似たような結果を得ることはできる。服だってべつにぜんぶ脱がなくていい。完全な経験にはならないが、それでもお互いに性的な満足に達することはできる。

「あなたのことは本当に好きだけど、だからって……」

レーンは最後まで言わなかった。おれたちは少しだまってただすわっていた。目の前の窓から太陽の光が差しこみ、木の床の上に細長い日だまりをつくり出している。

おれがこの体で過ごす最後の午後だっていうのに、こんなふうにレーンと離れてすわっているなんておかしい。

「だれかとキスしたこと自体、はじめてだったの」レーンの声がした。見ると、レーンの顔がおれの大好きなピンク色に染まっていた。

「おれもだよ」

「ほんと？」

「うん」

レーンは口を開いて、また閉じた。

「よかったよ」

おれはキスの感想を言った。それは本当で、あんなものに強く引きつけられるなんて思いもしなかった。実際にはずっとひとりで感じていたはずなのに、ふたりの五感のひとつひとつが混ざり合っていたみたいだ。あれには本当に夢中にさせられる。

レーンがおれをちらっと見た。「じゃあ……もっとしたい？」ピンク色だった頬が真っ赤になっていく。「キスだけってことよ」

「キスだけ?」なんてこった。セックス以外にもいろいろやれることがあるのに。「それが君の望みなの?」

レーンはうなずいた。毛細血管が急に広がったのか、髪の生え際まで赤くなった。

まあ、快楽の絶頂にいたろうとむだにじたばたするよりは、微妙な愛撫をいろいろ試してみるほうがいいか。

結局この休暇は、おれの期待や予想をことごとく裏切っている。

だがそもそも、何かが自分の思い通りになったことなどあるだろうか?

おれは外に目を向け、裏庭と思われる場所にある木や草をながめた。すばらしい午後だったが、そうなったのも無数の小さな偶然や不備があってこそだ。好き勝手に伸びている個々の草や、枝からいいかげんにばらばらと生えているちっぽけな葉――そういったものもふくめ、すべてはそこに一瞬だけとどまっている。この物質による世界は、数え切れないほどの動きや作用と結びついているからだ。

「わたしのこと、バカだと思ってるんでしょ」

みんなよかったじゃないか。ケチャップも、トマトも、キスだけも、何もかも。

おれはレーンのほうを向いて言った。

「いや、ぜんぜん。キスだけでも楽しみでたまらないよ。さあ、しようか」

しばらくして、引きずるような足音が廊下から聞こえた。おれたちはいつのまにかソファに寝そべっていて、腕も脚もからませ合っていた。

が、とたんに起き上がった。

おれたちの五感はまちがいなく混ざり合っていた。論理的にはありえないとわかっていたが、おれの舌ひとつとっても、そうだったとしか思えない。

「そろそろ行くよ」おれは仕方なくレーンに言った。レーンはブラウスを直していた。

「もう？」

「うん。次に進まないと」

「あっ、おばあちゃん」レーンは大声で言った。ひとりの老女がよたよた部屋に入ってきた。「こちら、ショーンよ」

「なんだって？」

おばあさんは魅力的な皮膚をしていた。とてもやわらかそうで、もろそうで、顔からだらりと垂れ下がっている。なんとなく、レースか、クモの巣みたいだ。

「こちら、ショーンよ！」レーンがさけぶような声で繰り返した。

「ああ、こんにちは、ジョン。はじめまして」

「こちらこそ」おれは言いながら立ち上がった。「けど、もう行かないといけないんです」

「なんだって？」

「さようなら！」

「おや、帰るのかい？」

おれは答えずにただうなずいた。もっと近くからおばあさんを見たかったが、もういいやと思った。おばあさんは愛想よくうなずき返し、テレビの向かい側のソファに近づいていった。

レーンはおれを見送ってくれた。玄関に着いたとたん、思い出したように言った。

「そうだわ。よかったらベイリーのマンガを持っていってくれない？」

「ベイリーの家には行かないんだ」これはふたりへの餞別だ。レーンが自分でマンガを返して、また借りるようになれば、ふたりの好きな目の大きなキャラクターたちを介して、ベイリーとレーンは強い結びつきをもてるようになるかもしれない。

「そう。わかったわ」レーンがドアを開け、おれは外に出た。それからお互いにふと立ち止まって見つめ合った。

「レーン！　リモコンをどこに置いたんだい？」おばあさんがさけんだ。

「ちょっと待って！」レーンは答えてから、またおれのほうを向いた。「あの、来てくれてありがとう、ショーン。楽しかったわ」

「おれも」

レーンはぱっと目をふせた。まつ毛が長くてふさふさしている。

「レーン、君はきれいだよ。ほんとに」

おれが言ったとたん、レーンは顔を上げた。大きくて澄んだかわいい目をしっかり向けてきた。それに、はじめて言い返さなかった。もう一度だけにっこり笑い、ふり返っておれをじっと見つめながら家の中にもどっていった。

おれは歩いていくレーンを見ていた。足を踏み出すたびに尻がゆれ、太ももがこすれ合っている。

そんなレーンは、やっぱり自分のことをきれいだと思っていなかった。

23

家に帰ると、ショーンの古いギターがチャックつきのケースに入って玄関の内側に立てかけてあった。

「どこに行ってたんだよ？」ジェイソンは腕組みしてソファにすわっていた。

「歩いて帰ってきた」

「バスに乗り遅れたの？」

「うん」テレビは消えていた。ジェイソンはまちがいなくおれを待っていたようだ。

ああ、ジェイソン。おれはちゃんと終えるつもりのないことをこいつとはじめてしまった。ジェイソンのよろいにやっと小さなひびが入ったところだったのに、おれがこの体からいなくなったら、そのひびはもと通り閉じてしまうだろう。おれが一度もここに存在しなかったみたいに。

「またベイリーの家に行きたいか？」

ジェイソンは肩をすくめた。「まあ」

「ギターを持っていくのか？」

ジェイソンは立てかけてあるケースのほうをちらっとふり返って、「ああ、あれね」と答えた。ギターがひとりでにショーンの部屋から出てきて、ケースに飛びこんで、ドアのそばに立ったような言い方だ。

ジェイソンのよろいが閉じるときは、きっとゆっくりじゃないだろう。こう言うか言わないかのうちにぱっと閉まるはずだ。おまえの兄さんはきょう死んだよ。

「ひとつ提案がある」ジェイソンがソファから立ち上がったとき、おれはあまり期待せずに言った。「これから言うことを約束するなら、ギターは持っていていい」

「持っていていいって、どういうこと？　ずっとってこと？」

「ああ、ずっとだ」

ジェイソンの目が疑わしげになった。「何をしてほしいのさ」

「いつかカーソンに話しかけにいくって約束するんだ」

「だれ？」

「でっかい煙突のある家に住んでいる、おまえと社会科のクラスが同じやつだ」

「赤毛のやつ？」

「ああ。家に誘うんでもいい。あいつもテクトニック・ウォーリアーズが好きだからな」

「今すぐ話しにいけってこと？」

「いや。いつかでいい」

「いつかって、いつ？」

「それはおまえが決めろ。ギターは今すぐやる。いつカーソンと話すかはおまえに任せる」

「アンプは？」

「それもやる。ただし……約束するんだ」

「するよ」ジェイソンはすかさず答えた。「話すって約束する。いつかね」

「じゃあ、ギターは今から正式におまえのものだ」

ジェイソンはおれの取引の仕方を下手だと思っているようだ。最初の夜におれとTシャツを見たときのような顔をしていた。ただ今回は自分をなんとか抑え、おれの頭の中身をけなすようなことは言わなかった。そりゃそうだ、こんなに都合のいい取引はないんだから。

約束を守るつもりもきっとないんだろう。それでも種は植えた。それに人間ってやつは、いつ気が変わるかわからない。

「じゃあ、行く？」ジェイソンがきいた。

おれは首をふった。

「先に行っててくれ。まだもうひとつ……ここでやることがあるんだ。終わったら行くよ」

「待ってようか？」

「いや、すぐに追いかける」

おれは玄関を出ていくジェイソンを見つめた。たったひとりしかもったことのない弟を。

ドアがガチャリと閉まったあと、外からゴツンという音が聞こえた。ギターケースが玄関前の手すりにぶつかったようだ。それにすぐつづくように「わっ」というかすかな声もした。

こんなちょっとした災難や予期しない出来事のおかげで、この宇宙はユニークで魅力的なものになっている。もし欠点がどこにもなかったら、深みも中身もあったもんじゃない。

こんなことを思ったのははじめてだ。これも神への冒涜になるんだろう。それでも、本当のことだって気がする。

歩道をのろのろ歩いていくジェイソンを見ながら思った。おれが完璧さを崇拝したいとちっとも思わないのは、たぶん、完璧さなんてつまらないからだ。親しみをこめてもう一度だけリビングを見まわした。そして最後の用をすませたいと思った。

ピーナッツだ。

ピーナッツはダイニングの窓辺にすわって表の庭を見ていた。近づいていくと、ふり向いて目を見開き、おれをきょとんと見つめた。何を考えているのか、相変わらずわからなかった。ただし、もし考えていることがあるとすればの話だ。

そばに寄って身をかがめ、ピーナッツと目を合わせた。

おれを認識している様子はない。嫌っている様子も、うんざりしている様子もない。

今朝やったみたいに、人差し指を近づけた。

ピーナッツはまた首を伸ばして、指先の匂いをかいだ。

それから顔のわきをこすりつけてきた。

ピーナッツの毛は想像通りやわらかかった。その下にかたい小さな頬骨があっても、やっぱりやわらかい。その感触の何かが――おれにさわられて半分目を閉じ、安心して喜んでいるピーナッツの様子が、おれ自身からも喜びの感情を次々に引き出した。

手はほとんどひとりでに背中に移り、それから背骨に沿って、毛の生えている向きに動きはじめた。

ピーナッツは目をすっかり閉じて首を丸めた。

おれはピーナッツをなではじめた。すぐに手の下から振動が伝わってきた。そのままなでつづけ、ゴロゴロという感触を指や手の平で味わっていると、とろけるような感覚が自分の内側からわいてきた。色欲とも違うし、レーンやほかの人間に感じたものとも違う。もっとやわらかく、おだやかで、繊細なものだ。それをこの手に、ほんのかすかに感じる。

なんて心地いいんだ。

おれが体を起こすと、ピーナッツはまた庭のほうを向き、耳をぴんと立てて急に警戒した。

ピーナッツの視線を追うと、通りの向こうの歩道側に一台の引っ越しトラックが止まっていた。ショーンの部屋の壁みたいな深緑色で、荷台のドアが開いていて、スロープがずっと奥までつづいている。

トラックのとなりの歩道にだれかが立っていて、おれをじっと見ていた。

非堕落組のひとりだった。

24

恐怖に身をすくめるべきだったのかもしれないが、おれは心からほっとした。上の階のやつが、やっと気づいてくれたんだ。

家を出て鍵を閉めるのもこれが最後だった。おれは歩道を少し歩いてから道をわたり、最高位の熾天使《してんし》たちと毎日立ち話をしているようなそぶりで、そいつにまっすぐ近づいていった。

よう、手錠は持ってきたか？　そう話しかけようとして、考え直した。非堕落組は冗談が通じるような相手じゃない。

「その体はどこで手に入れたんだ？」

かわりにそうききながら、上から下までじろじろながめた。

「自分でつくりました」

天使が答えた。深みのある音楽みたいな声が、美しくて恐ろしい。

自分でつくったのは明らかだった。こいつが盗みなんかするわけがない。それにこの体ときたら……。まあ、どうすれば人間として通用するか、この連中は知らないからな。

人間の体には不完全さがある。なのにこいつの体は場違いもいいところだった。とにかく美しすぎるんだ。髪が輝いているが、それだって日光を反射しているだけじゃなく内側から光っている。肌は全体がかすかな虹色で、呼吸や脈に合わせて微妙に変化している。目は見るからにきらきらしていて――そう、あの「きらきらした目」になっていて、なぜか中に火が灯っている。

顔つきは完全におだやかだ。

こいつがつくった肉体は、おれがこの目を通して見てきたなかで最高に見事なものだった。細かいところまでぜんぶ、ちゃんと機能するんだろう。

だがおれからすれば、レーンの体のほうがずっといい。ベイリーや、ジェイソンや、ピーナッツでさえそうだ。

「気を悪くしないでほしいんだが……あんた、だれだ？」アニウスを見分けるのは簡単だった。地上に来るのにあんな姿をしていたが、やつ特有のいらいらさせられる感じがあったからだ。だが善良ってやつは、どれも同じに思える。

「ハナエルです」

「ああ、そうか。ごめん」

ハナエルはそこにつっ立ったまま、火のついた輝く目でおれを見つめていた。

「おれの考えを読めるのか？」

「いいえ」

「じゃあ、なんでただじっと見てるんだ？」

「目を通して見るのが楽しくて」

なるほど、気持ちはわかるよ。

こうして会ったらどうなるのか、じつはよくわかっていなかった。ただ、恐ろしい罰を受けることにはなりそうになかった。こいつらが完全に怒りに満ちて、いかにも神の使いって感じになったら、見ただけでひざががくがくするはずだ。

おれはしっかり気分よく立っている。これなら心配はない。

それにもう、とくに急いで立ち去る必要もなかった。

「ちょっとここにすわって話でもしないか？」

非堕落組にはなかなか会えないし、できることならちょっと探りを入れて、だれに送りこまれたのか確かめたい。アニウスと違って、自分から来たってことはないはずだ。

「おわかりでしょうが、あなたのここでの時間は終わりです。本来の場所にもどらなければなりません」

「わかってるよ。けど……ちょっとだけいっしょにすわってもいいだろう？」

ハナエルは首をまわしてあたりをながめた。「すばらしい創造物ですね」

「美しいよ。ほんとに……層が厚いし。ここにいるあいだ楽しかった。まあ、だいたいはな」おれは歩道の上の小さな緑地から出て、一段低い車道との境界にすわった。

ハナエルはおれを見下ろした。何か考えているようだ。

それからとなりに腰を下ろした。

おれたちは少しのあいだ仲よくだまっていた。「この肌に感じる気持ちよさはなんですか？」ハナエルはちょっとしてからきいて、顔を太陽のほうに向けた。「風ですか？」

「ああ、それか。そう、風だよ——っていうより、正しくはそよ風かな。ところでハナエル」おれはもうそれ以上きかずにはいられなかった。「神はおれのことで怒ってるのか？」希望はひとりの堕天使の胸にもかぎりなくわいてくる。

「わたしはあなたと神との仲介役ではありません」

「ちょっときいただけじゃないか」

「その質問に答えることは、わたしの役目にはふくまれていません」

「それが罰なんだな？　おれは堕天使だ。だから、いちばんほしいものは——答えは、ぜったいにもらえない。けどハナエル、あんたはどんな答えももらえるんだ。きかなくても、ほしがりさえしなくても。なんだかちょっとまちがってる気がするよ」

「神にまちがいはありません」

「ああ、そうだな。あんたならそう思うんだろう。神のお気に入りだからな。それにくらべておれは単なるみそっかすだ」

「キリエル、わたしがここに来たのは、あなたが自分のものではない命の一部をうばったからです」

「もう必要がなくなったときにショーンの体をうばっただけだ」

「あなたがうばったときはまだ命が残っていました」

「ほんの数秒だろ」

「その数秒もあなたがうばうべきものではありません」

「なんにしても痛みしかなかったはずの時間だぞ」

「だとしても、あの子の時間です。あなたのものではありません。あなたは、あるべきものの存在を妨げたのですよ」

「ああ。けど、あんたに何ができるっていうんだ？　今すぐ時間をもどせるわけじゃないだろう？」

「ショーンは自分の体の所有権を回復しなければなりません。失った時間を取りもどし、さらにもっと生きていくのです。あなたはショーンの存在の軌道を妨げました。ショーンは今、自分にしか描けない人生の曲線を復元するために、さらなる時間を必要としています」

「あいつをこの世からいなくなったときの場所にもどすってことか？」

「うばったときと同じ状態にして、あなたはショーンの体から去ってください」

「おれにトラックの前に出ていけって言ってるのか？」

「その通りです」ハナエルはうなずいた。それからにっこりして、日差しのような明るい笑みを見せた。「やっかいなことになっているのです」その言葉とは裏腹に、とくに困っている様子はなかった。「ショーンをひくはずだった男性も、そうならなかったために軌道を修正することになりました。それに、その男性をきょうひく予定の女性も……。まったくあなたは、興味深いうえに……予想外の仕事を増やしてくれたものです」

「けど、ショーンにそんなことは――」

「ショーンにはしばらく眠ってもらいます。目覚めたとき、あなたに関する記憶は脳から消え去っています」

「あいつを昏睡状態にするってことか？」

それについてちょっと考えた。まあ確かに、これからおれがこの体にすることを考えれば、起きているより寝ているほうがよさそうだ。

しかし、トラックにひかれたばかりの体にもどったら、実際どういうことになるんだろう。「あいつにちゃんと使える体をもどしてやってくれよな」おれはハナエルに言った。「確かに悪かったよ……体を借りたのは。けど、おれは傷つけないように気をつけた。いや、とにかく気をつけようとした。まあ、顔に受けたあの一発は、ちょっとした事故みたいなもんだ。あんたには理解できないだろうけどな。なのにあんたは、それを完全にぶち壊そうとしてるんだぞ」

ハナエルは楽しげだった。

「もういい。わかった。答えはなし。ヒントもなし。いつも通りだ。おい、そんなふうにおれを見るのはやめろ」

「ですが、キリエル、わたしはあなたを見ていたいのです。あなたはとてもおもしろい。非常に興味をそそられる創造物です。おどろくほどの深さに満ちていて、予想外のひねりがあって」

「その言葉、さっきもおれに使ったな。予想外。しかも、よさそうな意味でだ」

ハナエルはまたにっこりした。「いい言葉です」

「おれは好きだけど、あんたもだとは意外だな」

ハナエルはそれについて何も言い返さなかった。当然だ。完璧なんだから。ただ、かわりにこう言った。

「ショーンはあなたのように自分の存在をありがたがることがありませんでした。もし、ずっと当然だと思っていたちょっとしたことをするために努力が必要になったら、もっとありがたがるようになるかもしれないと思いませんか？」

「確かにそうかもな。けど……わかってるだろ。あいつをあんまりひどいめにあわせないでくれ。頼みたいことはそれだけだ。ショーンをあんまりひどいめにあわせるんじゃない。いいな？」

「キリエル、祈っているのですか？」

「いや、頼んでるんだ」

「わたしは頼まれるべき存在ではありません」

おれはため息をついた。「神が聞いてるかどうかなんてわからないじゃないか」

「あなたはわかっているはずです。神は聞いておられます」

「ふん、ぜったい答えてくれないけどな」

「ならば、キリエル、もしほしい答えをみんな与えられたら——すべて受け取ってしまったら、あなたはほかに何をすることがあるというのですか？」

「思い上がるんじゃないぞ、ハナエル。わかったな？」

ハナエルは何も言わずに――当然だ――ただほほ笑んだ。

「笑いすぎだ。それと、おれをそんなふうに見るのはやめろ」

「では、お望み通りに。そろそろ準備をしましょうか」

「そうだな」おれは立ち上がって、ショーンのカーキ色《カピーシュ》のズボンの尻をはたいた。そして歩道から通りの左右に目をやった。車はまだ来ない。「ほんとにここが好きだったよ」

おれは素直に言った。「できれば……できれば……あれっ、なんだよ！　これじゃあ、おれがここに少しもいなかったみたいじゃないか！」

「そう思いますか、キリエル」

「ああ、そう思うよ。あんたがさっき言った通り、ショーンは知らないことになる。それはどうだっていい。けど、あいつらにとっては……ちょっと意味のある存在でいたかった。人間がよくやるみたいに、印をいくつか残したかったよ。それだけだ」

「残したかもしれませんよ」

おれはその言葉の説明を待ったが、もちろんハナエルは説明なんかしなかった。この連中から何かを引き出すのは、まさに至難の業だ。「たとえば、どうやって？」

「あなたにはもっとじっくり考えるべきことがあるかもしれませんね」

「ジェイソンのことか？」

ハナエルは答えない。

「それとも、ショーンか？」おれはふと気づいた。「おれがしたことのおかげで、ショーンはもう一度チャンスを手に入れた。ショーンのことを気にかけているやつらもだ。まったく、あいつはほんとにラッキーだよな。けど、本人はそうは思わないだろう。トラックにひかれたりするんだから。死ぬはずだったことも知らないままだ。どうせ自分の人生はむごすぎるって思うだけなんだろうさ」

人生といえば、おれのここでの最後の瞬間もむごいものになろうとしていた。

「ちぇっ、痛いんだろうな」

おれはそう言いながら、やってくる車を探して通りをじっと見つめた。

「はい」

「すごく痛そうだな」

「はい」

「けど、文句は言えない。その痛みだって、ここに存在することの一部だ」

「はい」

二ブロック先に、角を曲がってくる軽トラックが見えた。尻をふっている感じからすると、かなりスピードが出ているようだ。

「おい」おれはトラックを見たまま言った。「ハナエル、ききたいことがある。天上の主《ぬし》があんたを送ってよこしたのか？」

「ここに来たのはわたしの役目のひとつです」

「けど、神が自分からおまえを送ったんだろう？　行けって自ら命じたんだよな？　このおれをなんとかするようにって」

ハナエルに困っている様子はなかった。そもそも非堕落組には困るようなことがない。どんな答えも知っているんだ。

「ここにいるのはわたしの役目のひとつです。だからわたしはここにいます」

それでちゃんと説明になっているとでも言いたそうな口ぶりだった。

「そうかい、そうかい、わかったよ」

こいつらは時計みたいだ。針が数字を指しもしないうちから、音が鳴るタイミングを正確にわかっている。

だが、おれはそうじゃない。

新しい考えがふつふつとわいてきた。帰ってから、それを試してみようと思った。

おれが担当するいくつかの魂をちょっとひと押しかふた押ししてやるのはどうだろう？　こう言っちゃなんだが、やつらの耳にささやくんだ。おまえたちも自分でちょっとした休暇を取れるんだぞって。ごく最近になって肉体を離れたやつなら、きっと愛する者のところに行ってなぐさめたいと思うだろう。ずっと前に地上の乗り物から降りたやつなら、かつて自分が歩いた場所を次々まわって、どんなふうに変わったか見るのを楽しむかもしれない。すっかり疲れ果てているやつなら、何もないおだやかなところにただ浮かんで、少しでも苦しみから逃れていたいと思うんじゃないだろうか。

厳密に言えば、そいつらはみんないくつか規則を破ることになる。しかし、破ったからって、どんな最悪なことが起きるっていうんだ？　地獄に送られるとでもいうのか？　ハハッ！

魂たちはかなり頭が固い。だが、おれたちが共有しているみじめさからほんのちょっとでも離れて休むことができたら、それこそ影響を及ぼしていることになるってもんだ！

そのときは神だって、いくらなんでも気づくだろう。

おれはハナエルの従順そうな輝く顔を横目でちらっと見た。そして確信した。非堕落組のひとりでいることは、おれにとってはなんの得にもならない。

この宇宙でのおれの居場所は、ほかのやつが望ましいと考えるものとは違うかもしれない。

それでも、おれのものだ。

トラックがこっちに向かってうなりながら坂を下ってきた。約束に遅れそうなのか、ものすごいスピードだ。制限速度をかなり超えている。

「あそこにはぜったい『止まれ』の標識をつけるべきだな」

おれはだれにともなく言った。

恐ろしい。ぞっとする。だが、これが最後に味わう肉体的な感覚だと思うと、最高だ。体の奥深くで何かがゆれだし、腕や手やあごにのぼってくる。胃がぎゅっとしめつけられる。

これがふるえか！　おれは恐ろしさにふるえているんだ！

「じゃあ、あの世で会おうぜ」

おれはハナエルに言った。そして、思わずにっと笑いかけながら、歩道の向こうに足を踏み出した。

訳者あとがき

キリエルはまったくおもしろい悪魔だ――いや、堕天使だ。なにしろ、人間の魂を苦しめる仕事に嫌気がさしたと言って、勝手に地獄を飛び出してしまう。それればかりか、アメリカの男子高校生の体をのっとり、地上の生活の体験までする。はじめて肉体をもったキリエルには、見るもの、聞くもの、さわるもの、何もかもが新鮮だ。色や風にまで喜ぶその姿を見ていると、こっちまで当たり前のものが貴重に思えてくる。

やがてキリエルは、地上にいるうちにあれもしたい、これもしたいと考えはじめる。一度きりの人生を謳歌しようとでもいうように。とくにやりたいのは女の子とのセックスだが、そう簡単に事は進まない。のっとった体の本来の持ち主であるショーンに、当然ながらそれまでの人間関係があるからだ。人づきあいの苦手な弟、離婚している両親、マンガ好きの親友、幼なじみの女の子、学校の乱暴者、かわいがっている猫……。気がつくとキリエルは、そういった者たちと深く関わり、堕天使なのになぜかいいことをしてしまったりする。

一方で、上の階層の者に、とくに神に気づいてもらえることを心から望んでもいる。自分の存在価値や居場所についてもずいぶん考えている。だんだんキリエルが悩める本物のティーンエイジャーのように思えてくるほどだ。

本書のペーパーバック版に掲載されていたインタビューによると、そもそも作者は、神の寵愛を受けていた最高位の天使がなぜサタン（地獄のボス）に成り下がったのかを不思議に思い、それがきっかけでこの物語のアイディアを思いついたという。また、拒絶されて生きていくというのはどういうことなのかをこの作品で探求したかったとも述べている。

確かにキリエルは自分を「拒絶された存在」と言っているし、それでもなお神を求める姿は痛々しいぐらいだ。しかし、作品自体にそれほど悲壮感はなく、むしろ明るさとユーモアにあふれている。それもこれも、決してへこたれずに常に希望をもちつづけるキリエルの性格のおかげだろう。疑問をもち、悩み、完璧さより不完全さを肯定する――そんな人間くさいキリエルに、どうしたって共感せずにはいられない。

気になるのはショーンや、ショーンのまわりにいる者たちの今後だが、非堕落組のハナエルが最後に言った「自分の存在をありがたがるようになるかもしれない」「印を残したかもしれない」という言葉に望みを託したいと思う。

最後になりましたが、本書を訳すにあたっては、原文とのつきあわせをしてくださった裏地良子さんに大変お世話になりました。この場をお借りして、心よりお礼を申し上げます。

二〇一一年一月

宮坂宏美

著者●A.M.ジェンキンス
主に若い読者向けの作品を手がけているアメリカの女性作家。本書『キリエル』が初めての邦訳書で、優れたヤングアダルト作品に贈られるマイケル・L・プリンツ賞のオナーブックにも選ばれている。犬や猫やアレチネズミ、そして三人の息子と共にテキサス州に在住。ほかに "Damage" "Night Road" "Out of Order" "Breaking Boxes" などの作品がある。

訳者●宮坂宏美（みやさかひろみ）
宮城県出身。翻訳家。訳書に「盗神伝」シリーズ（M.W.ターナー／あかね書房）、「ランプの精リトル・ジーニー」シリーズ（ミランダ・ジョーンズ／ポプラ社）、『ニューヨーク145番通り』（ウォルター・ディーン・マイヤーズ／小峰書店）、『ノエル先生としあわせのクーポン』（シュジー・モルゲンステルン／講談社）などがある。東京都在住。

装丁デザイン●チャダル108
参考資料：日本聖書協会『聖書　新共同訳』ヨブ記一章六〜七節

キリエル

発　行　2011年3月20日　初版

著　者　A.M.ジェンキンス
訳　者　宮坂宏美
発行者　岡本雅晴
発行所　株式会社あかね書房
〒101-0065　東京都千代田区西神田3-2-1
03-3263-0641（営業）
03-3263-0644（編集）
印刷所　大日本印刷株式会社
製本所　株式会社難波製本

NDC933　262P　20cm　ISBN978-4-251-06675-6

YA Dark（全5巻）　NDC933

恐怖と感動の扉が開く。もう、ページをめくる手を止められない……！

1　ゴーストアビー

ロバート・ウェストール 著　　金原瑞人 訳

いわくありげな元修道院に移り住んだマギー一家。マギーだけに闇からの歌声が聞こえ、ありえないものが見えてしまう。修道院はマギーを操ろうとしているのか？　そして家族を守るためにマギーが下した決断とは……。

2　バウンド — 纏足《てんそく》

ドナ・ジョー・ナポリ 著　　金原瑞人・小林みき 訳

継母から「役立たず」と呼ばれ、家の雑用一切を押しつけられている少女シンシン。それでも纏足の痛みに苦しむ姉を気づかい、周囲への優しさを忘れない。そんなシンシンが邪悪な継母や過酷な運命から逃れられる日は来るのだろうか？

3　ソードハンド — 闇の血族

マーカス・セジウィック 著　　西田　登 訳

冬の朝、その男は体から血を抜かれて死んでいた。東欧の深い森の中に、影の女王の勢力が忍び寄っている。ペーターは、村を訪れた流浪の民の少女から、父親がヴァンパイア・キラーの剣を隠し持っていると告げられるが……。

4　ホワイトダークネス（上）
5　ホワイトダークネス（下）

ジェラルディン・マコックラン 著　　木村由利子 訳

シムは南極オタク。空想の恋人は90年も前に南極で遭難したタイタス・オーツ。そんなシムがビクターおじさんに連れられて南極を訪れる。想像を絶する南極の自然、そして予想もしなかった過酷なできごと。オーツを心の支えに、シムは勇敢にもみずからの運命を切り開いていく。そして最後に手に入れたものは……。プリンツ賞受賞作。